POÉSIES DIVERSES

DE

Gilbert

TIRAGE A PETIT NOMBRE.

L. GILBERT
1751–1780

Gaujean sc.   Imp. A. Quantin

POÉSIES DIVERSES

DE

Gilbert

Avec une Notice bio-bibliographique

PAR

PAUL PERRET

PARIS

A. QUANTIN, IMPRIMEUR-ÉDITEUR

7, RUE SAINT-BENOIT

1882

NOTICE SUR LA VIE

ET LES ŒUVRES DE GILBERT

N *politique aura, pendant de longues années, dirigé les affaires de son pays avec beaucoup de circonspection et de sagesse ; un général aura vingt fois honorablement conduit son armée, évitant le combat quand le succès ne lui paraissait point profitable ou sûr, n'ayant en vue que le rétablissement de la paix par la bonne guerre, pouvant se glorifier d'une suite d'avantages solides et de belles actions. L'un et l'autre n'obtiendront pourtant qu'une renommée sans éclat, mesurée comme leurs caractères et tempérée comme leur génie. Qu'un autre politique, au contraire, porte une de ces lois reten-*

tissantes qui changent le cours des évènements, quelquefois la physionomie du monde, qu'il prononce un discours,
un seul, dans une grande occasion populaire, tel discours
de Mirabeau, par exemple, si l'on veut supposer que
ce prince des orateurs n'ait parlé qu'une fois et soit mort
le lendemain ; qu'un autre général saisisse le drapeau
du pont d'Arcole, — ceux-ci auront violé la victoire ; ils
connaîtront mieux que les « succès d'estime », que la
gloire sourde et du second degré. Leur mémoire est immortelle. Dans les lettres, il n'en va pas différemment ; il
n'y a pas plus de justice, et c'est la même loi. Le bon
écrivain met au jour une longue série de volumes sérieux
et bien travaillés, et souvent il n'a point creusé sa trace.
Un autre a rencontré, parmi beaucoup de scories, un dia-
mant ; il a fait une trouvaille, et l'inspiration d'un moment lui a fourni le « chef-d'œuvre ». Si court qu'il soit,
c'est assez. Le poète est désormais des rois de l'espace et
du temps.

Gilbert, mourant, a fait quarante vers qui vivront autant que la langue française ; et cet admirable instrument du génie de la race moderne littéraire par excellence est heureusement encore bien trempé. Beaucoup de
petits et de gros compagnons s'occupent à l'émousser ;
bien qu'ils s'y ingénient avec toute l'ardeur d'une passion malhonnête et d'un mystérieux intérêt, ne nous en
soucions pas outre mesure. Sourions à la littérature pré-
tendue nouvelle ; soyons indulgents à ces boursouflés, et
ne jetons point des anathèmes inutiles à leur façon iro-
quoise ; ces débats ne sont pas terminés, la fin en sera
bonne. Le dernier mot demeurera, cette fois encore, à ceux
qui écrivent en français.

La mémoire de Gilbert est doublement ineffaçable, car à son titre de gloire une légende de tristesse et de misère est attachée.

Au banquet de la vie, infortuné convive,
J'apparus un jour et je meurs.

Le public croit et ne voudrait point cesser de croire qu'à ce banquet la place du poète fut, en effet, un peu moins que le bas bout ; même que le dessous de la table, avec le droit de recueillir les miettes, — quelque chose enfin d'aussi maigrement illusoire que la permission accordée à je ne sais plus quel philosophe antique de venir au soupirail de la cuisine des riches respirer la fumée des sauces et l'odeur des mets. Ce fantôme d'aliments suffisait à ce pauvre hère qui était un sage. Gilbert ne devait pas s'en contenter, étant rêveur, point philosophe. La détresse le rendit fou ; dans sa folie, il avala la clef d'une cassette où ses manuscrits étaient renfermés. Transporté à l'Hôtel-Dieu, il y recouvra une lueur de raison qui lui permit de composer ce morceau sublime : l'Ode imitée de quelques psaumes : *puis il mourut. Voilà cette légende que la pitié de plusieurs générations a consacrée ; que, dans leur fureur de recherches et de redressements, des érudits ont détruite. Seulement il arrive que tous les écoliers et toutes les écolières de France continuent d'apprendre ces beaux vers ; que, devenus grands, ils ne lisent point les travaux des redresseurs, et que ce conte touchant, si c'est un conte, se perpétue avec les rimes.*

Les érudits ont peut-être toujours tort de porter d'a-

bord leur loupe, ensuite d'appesantir leur plume sur les
choses de sentiment. Pourtant la vérité a ses droits. Elle
est ici passablement difficile à démêler, et n'en doit paraître que plus précieuse à établir. Les Souvenirs de la
marquise de Créquy *sont le principal document qui
contredise la misère du poète, mais leur authenticité a
été contestée quelquefois. J'avoue que si on doit les en
croire, l'infortune de Gilbert change de couleur : cette
pauvreté poignante devient une médiocrité dorée dont se
trouveraient plus que satisfaits bien des fils de familles
bourgeoises venus à Paris pour y chercher la fortune
des lettres. On sait qu'elle est fugitive. Suivant M*me* de
Créquy, Gilbert réunissait, à la fin de sa courte vie,
des sources diverses de revenu qui ne composaient pas un
total de moins de 2,200 livres.*

*Or nous sommes en 1778. La valeur de l'argent et le
prix des objets nécessaires à la vie ayant suivi depuis un
siècle une marche ascensionnelle, aussi flatteuse pour les
développements de l'offre et de la demande et pour les
progrès de la civilisation que parfaitement incommode
aux pauvres civilisés, on peut dire que la situation de
Gilbert eût été celle, ou à peu près, d'un homme de nos
jours qui posséderait huit mille livres de rente. Si l'offre
et la demande continuent d'aller dn même train, ce sera
l'indigence avant l'expiration d'un autre siècle ; pour un
travailleur sans famille, c'est encore la liberté ; il y a
cent ans, c'était mieux que l'aisance. Voici comment*
M*me* de Créquy dresse les comptes du poète :

*Sur la cassette royale, 800 livres de pension ; sur
le* Mercure de France, *100 écus ; sur la caisse épis-
copale des économats, 500 livres ; au I*er* janvier, comme*

don d'étrennes, sur la cassette particulière de Mesdames de France, filles de Louis XV, 600 livres. C'est bien un total de 2,200 livres; l'addition est aisée.

Encore, n'est-ce pas tout : Mme de Créquy, dans son impatience d'entendre sans cesse attribuer la mort du poète à la misère, en donne la véritable cause : une chute de cheval qu'il aurait faite en compagnie de deux jeunes Anglais, ses élèves. Il aurait donc ajouté à son revenu le prix de ces leçons. Enfin, dès que cet accident fut connu, le ministre de la maison du roi lui aurait envoyé 50 louis. — De nos jours, la bienfaisance de l'État se manifeste encore, en des cas pareils, envers les gens de lettres peu fortunés. Le secours, ordinairement, arrive trop tard; il sert, du moins, aux funérailles. Si ce n'est pas un soulagement pour le mort, c'en est un pour les vivants, et une satisfaction pour la décence.

Au demeurant, cette marquise de Créquy donne de bonnes preuves de ses dires, qui sont presque des médisances; je les ferai connaître tout à l'heure. En revanche, on peut remarquer à ce sujet, chez les ennemis que Gilbert s'était faits par les violences de sa plume, un concert de discrétion bien étrange. Le plus âcre, et il faut bien le dire, le plus vil, car celui-là apporte toujours dans ses rancunes, comme dans ses autres sentiments, beaucoup de bassesse, La Harpe, a écrit seulement que le poète avait vécu « du pain de l'archevêque et du vin de maître Fréron »; rien de plus. Tous devaient connaître ces pensions servies à Gilbert; quelques-uns les ont enviées peut-être, ils n'en soufflent mot et s'accordent, au contraire, à représenter sa mort comme la suite d'une folie causée par l'excès de l'orgueil et les tourments d'une indigence que son mauvais caractère et ses attentats contre les maîtres du jour avaient, d'ailleurs, bien méritée.

Le parti des philosophes avait sans doute quelque intérêt à laisser croire que le parti des dévots laissait généreusement mourir de faim les imprudents qui le servaient. Leurs adversaires n'auraient pas eu plus de bonne foi peut-être ; — ce doute que j'exprime est pour honorer les partis. C'est ici une étude courtoise.

Gilbert, quand il mourut, en 1780, n'avait pas trente ans. Il était né en 1751 à Fontenay-le-Château, près de Remiremont, de parents placés dans une condition fort médiocre, mais pourvus de l'ambition ordinaire à ces petits bourgeois de campagne, car ils crurent qu'une éducation littéraire serait un honneur pour leur fils, et ils ne se demandèrent point si ce serait une ressource. Le jeune homme fut mis au collège de Dôle ; c'était une maison ecclésiastique, il n'y en avait guère de laïques en ce temps-là. Ses professeurs ne l'aimèrent point et ne crurent pas en lui. Charles Nodier, à qui l'on doit l'édition la plus récente de ses œuvres (1840), raconte qu'un de ces maîtres de Dôle, grand bonhomme rimeur, se vantait d'avoir fait des poètes de tous ses principaux élèves — « un certain Gilbert excepté ».

Le jeune homme, ses études terminées, fut envoyé à Nancy ; c'était un centre littéraire, avec de petits airs de capitale. En 1769, il y habitait, dans la rue des Dominicains, une chambrette d'où il ne sortait guère que le soir, après l'étude, pour se rendre aux réceptions d'un comte de Lupcourt. On s'y livrait au jeu des énigmes, et l'on y faisait des bouts rimés, on cherchait ensuite les anagrammes ; quelqu'un en trouva une assez sinistre, *un jour, dans des mots proposés par Gilbert :* Tu mourras fou.

En 1770, *le poète use un peu légèrement le bon vouloir d'un autre Mécène lorrain , M. Darbès, ancien secrétaire intime du roi Stanislas. Ce personnage important lui fournit un emploi de* 1,200 *livres ; Gilbert le refuse. Il fait un cours public de littérature à l'hôtel de ville de Nancy. Les auditeurs étaient clairsemés ; un soir, pourtant, ils arrivent en foule. Surprise délicieuse pour l'orateur ; mais bientôt tout s'explique. Impatienté d'entendre parler de choses qu'il ne comprend pas, un homme s'est levé dans l'assistance : Est-ce que vous n'allez pas montrer les figures ? — Dans la salle à côté, un montreur de figures de cire s'était établi, et tous ces prétendus amateurs de poésie s'étaient trompés de porte. Cet accident confirma Gilbert dans la pensée, qu'il nourrissait depuis longtemps déjà, de quitter Nancy, petit théâtre pour ses talents. Il les avait éprouvés par quelques morceaux de poésie et même par des travaux plus étendus, un roman, par exemple :* les Familles de Darius et d'Éridame *ou* Statira et Cimestris, *histoire persane, imprimé à la Haye en cette même année* 1770; *l'épreuve, naturellement, lui paraissait satisfaisante. Ce roman n'a reparu dans aucune des éditions de ses œuvres ; quant à ses poésies, au contraire, il les réunit en un petit volume, sous ce titre :* Début poétique.

Vers ce temps, la nouvelle dauphine Marie-Antoinette passa par Nancy : on la conduisait à Versailles. Gilbert composa un épithalame qu'il eut l'honneur de réciter devant cette grande princesse. Marie-Antoinette mit à le féliciter toutes ses grâces qui étaient vives. Les sourires de

*cette enfant auguste parurent au pauvre rimeur comme
une source charmante de lumière qui éclairait sa destinée. Ses parents étaient morts ; rien ne le retenait plus
en Lorraine ; son génie l'appelait à Paris. Il n'y serait
point isolé et sans appui ; et d'abord, il saurait bien réveiller dans la mémoire de la future reine de France l'heureuse impression de l'épithalame ; d'ailleurs, il aurait
pour lui d'autres puissances que les personnes royales ; il
emportait une recommandation pour d'Alembert.*

    *Ce célèbre personnage promit sa puissante assistance et
ne la fournit point. Il avait parlé d'un enfant de qualité
dont le nouveau venu pourrait être le précepteur. Gilbert,
ravi, s'en alla plein d'espérance. On ne le rappelait point,
il vint aux nouvelles et apprit que l'enfant était décidément trop jeune ; on l'éconduisait. Mauvais début avec les
philosophes. Le poète se tourna peut-être un peu trop tôt
vers leurs adversaires, qui parlaient moins d'humanité,
qui, d'ailleurs, n'en avaient pas beaucoup davantage. Fréron l'accueillit bien ; il déplut à Palissot, qui devina peut-
être le satirique en ce jeune postulant, et qui, lui-même,
prétendait à la satire. Pour la froideur naturelle des sentiments et du cœur, Palissot, au reste, ne le cédait en
rien à d'Alembert. Enfin, Gilbert, il faut bien l'avouer,
n'avait pas un heureux visage. En tête de plusieurs éditions de ses œuvres, on voit de ces portraits de conven-
tion qui ne font pas connaître le modèle ; mais un de
ses biographes nous dit qu'il avait les traits bien formés,
le nez droit, la bouche petite et volontiers ironique, de fort
grands yeux sous des sourcils épais, le front haut, creusé
en son milieu. Tout cela n'est point laid ; seulement de
certaines mines farouches gâtaient une physionomie assez*

frappante. Les inquiètudes de Gilbert se lisaient appa-
remment sur sa figure ; elles étaient bien naturelles, s'il
est vrai qu'il n'avait apporté de Lorraine d'autres res-
sources que ses vers, et s'il ne voyait alors qu'une
chance de commencer sa fortune, chance fragile et trom-
peuse : le concours académique.

L'Académie française, en ce temps-là, n'était pas plus
qu'à présent un jury impeccable. Elle trouvait, comme
aujourd'hui, des détracteurs, apparemment intéressés, qui
lui reprochaient de ne point porter ordinairement des
jugements libres. « L'esprit de parti, disaient-ils, a infecté
toute la littérature. » Les philosophes dominaient l'assem-
blée ; ils n'avaient pas reconnu pour un des leurs cet ins-
piré de Lorraine, fraîchement débarqué dans Paris. Gil-
bert, pourtant, se flattait de vaincre tous les mauvais
vouloirs ; il connaissait peut-être le mot du vieux La Fare
à Jean-Baptiste Rousseau, dont il voulait être l'émule :
Dieu vous protègera, car vous faites bien les vers. — Dieu
n'intervint pas en faveur du candidat de 1772. Gilbert
échoua même deux fois avec son Poète malheureux, *une*
élégie ou une épître, et avec son ode du Jugement dernier.
De là, les ressentiments qui décidèrent de la tournure de
sa vie et peut-être de la rapidité de sa mort. Il les exprima
tout de suite avec une âcreté qui eût paru quelquefois
plaisante, si elle n'eût toujours été sincère, qui, certaine-
ment, était périlleuse, et qui effraya ceux mêmes qui jouis-
saient de ces violences à l'adresse des philosophes. On lui
disait doucement : C'est peut-être aller un peu loin que
d'attaquer la supériorité de Voltaire ! — D'Arnaud, dont
il obtint quelque amitié, l'avertissait « que la satire em-
poisonnerait sa vie » ; d'autres personnes plus pratiques,

les juges de la galerie, qui ne prenaient point part au
débat et comptaient seulement les coups, faisaient observer
que le jeune homme paraissait avoir « plus de génie que
d'esprit ». Il est certain que ceux qu'on appelle ordinai-
rement les « gens d'esprit » ont toujours le plus grand
soin de ne point s'aller jeter dans ces bagarres.

Gilbert ne rencontra pas dans le parti philosophique
moins de haine implacable qu'il n'en dépensa. Nous ver-
rons comment ses adversaires, tous placés bien au-dessus de
lui et que le sentiment des distances aurait dû rendre
plus indulgents ou plus dédaigneux, le représentèrent
pourtant vivant et mort. Il est vrai qu'il fut l'agresseur.
Pour un prix manqué, c'était peut-être une bien grande
colère. Mais aussi de quelle hauteur le rêveur malheu-
reux n'avait-il pas été précipité par la légèreté de ses
juges académiques? Légèreté est un mot qui se peut
prendre en bonne part et qui épargne celui d'injustice.
La première des pièces soumises au concours ne méri-
tait peut-être pas de grands lauriers ; il n'en est pas de
même de la seconde. Le Jugement dernier a beaucoup
de feu, renferme beaucoup de mouvement et d'images.
La Harpe lui-même y reconnaît, parmi des passages
« baroques » et des « boursouflures », de beaux « mor-
ceaux de verve » et des « vers frappés ». Ce critique har-
gneux avait vraiment bonne grâce à rendre, dans le Mercure de France, *un arrêt si tempéré, car il avait été*
dès lors attaqué par le poète. Gilbert, méditant déjà de se
mesurer avec le philosophisme tout entier, avait dirigé
ses premiers traits contre La Harpe : ils étaient acé-
rés.

Ayant publié son Poète malheureux, *il y accola une*

courte préface : « *Pourquoi mettre au jour un ouvrage rejeté par l'Académie française ?* », *y disait-il.* — *Pourquoi? mais justement pour médire de l'Académie. Le savant aréopage n'avait point décerné de prix cette année-là ; Gilbert fait entendre qu'on avait mieux aimé supprimer la récompense que de la lui donner ; il discute ses titres :* « *Je sais combien ma franchise me va susciter d'ennemis. Je connais leur pouvoir.* » — *Ce n'est donc pas aveuglément qu'il partait en guerre contre les d'Alembert, les Marmontel et Voltaire lui-même, auquel il assigne dans la poésie française le même rang que* « *Sénèque occupa dans l'éloquence latine* ». *Il dénonce la haine que les philosophes ont au fond du cœur pour la poésie ; s'ils la pratiquent, c'est pour l'abaisser en la ployant à leurs passions mesquines. Ce factum avait une partie destinée spécialement à La Harpe, dont l'Académie avait naguère couronné une pièce intitulée :* Le Poète. « *Cette épître et la mienne ont le même fond. L'auteur, dans l'une, promet à son ami de lui tracer les caractères du poète ; dans l'autre, le poète se peint lui-même... Je l'ai supposé malheureux pour donner à mon ouvrage un autre mérite ; et ma pièce, en effet, a cet avantage sur celle de mon* ANTAGONISTE, *qu'elle a un intérêt plus général, parce que le nombre des poètes est bien moindre que celui des infortunés. Au reste, je prie M. de La Harpe d'assurer dans son prochain* Mercure *que mes vers sont détestables, car* les siens me semblent fort mauvais. »

Tout le caractère de Gilbert et toute la suite de ses destinées sont contenus dans cette dangereuse préface. Il commettait la faute de s'attaquer à ceux qui, seuls alors,

faisaient les réputations ; mais il ne se pouvait plus maî-
triser. Dans le Poète malheureux, *il s'était bien, comme*
il le dit, peint lui-même. La crainte de l'indigence et
l'impatience de la renommée le dévoraient.

Il n'est qu'un vrai malheur, c'est de vivre ignoré.

Le pauvre garçon s'était imaginé sans doute, tandis
qu'il cheminait sur la route de la Lorraine à Paris, que le
soleil de gloire se levait pour lui, là-bas, dans la grande
ville ; ses illusions n'avaient pas été différentes de celles
qui, dans tous les temps et dans tous les pays, ont mené
à mal tant d'aspirants à la fortune littéraire ; mais la
déception entrait ici dans un cœur plus fier et plus
sombre. La pauvreté lui causait autant d'humiliation
qu'elle lui imposait de souffrances.

Malheur à ceux dont je suis né !
Père aveugle et barbare ! impitoyable mère !
Pauvres, vous fallait-il mettre au jour un enfant,
Qui n'héritât de vous qu'une affreuse indigence ?
Encor si vous m'eussiez laissé votre ignorance,
J'aurais vécu paisible en cultivant mon champ.

C'est de ce dernier vers que Nodier s'est inspiré pour
dire « que les parents de Gilbert pouvaient faire de leur
fils un ouvrier qui aurait vécu paisible encore du travail
de ses mains et joui d'une douce obscurité à l'abri de la
haine et de l'envie ». Ces bonnes gens le pouvaient sans
doute ; d'autres, avant Nodier, avaient pris leurs ombres
à parti et leur avaient fait la même leçon, vraiment un
peu tardive. L'édition de 1823, la meilleure jusqu'à pré-
sent, des œuvres du poète, contient à ce sujet une réflexion

assez judicieuse : « *Si l'on avait fait de Gilbert un ouvrier, dit l'annotateur, où seraient ses deux satires et son ode immortelle?* »

Tel que Gilbert nous apparaît, nous devons même croire que, si les âmes ont quelque ressouvenir des choses de la terre, il n'est pas fâché d'avoir si peu vécu, puisqu'après tout il vit toujours. Cette ode et ces deux satires sont, en effet, des gages de cette durée; l'une lui a donné un rang élevé parmi les lyriques français, les autres une place intéressante dans l'histoire d'un temps.

« *Il osa presque seul lutter contre une opinion puissante* », *a écrit Villemain. Les appuis cependant lui vinrent assez promptement : d'abord l'archevêque de Paris, ce Christophe de Beaumont aussi infatigable ennemi des philosophes que des jansénistes et du parlement, et encore tout étourdi du coup que lui avait porté la lettre fameuse de Jean-Jacques Rousseau défendant contre lui son* Émile; *puis Fréron, l'abbé de Crillon, l'abbé Grosier qui, de tous ses protecteurs, devint le plus efficace, car il tenait de fort près à l'archevêque et n'était pas moins bien placé au centre de l'agitation dévote entretenue autour de Mesdames de France, filles du roi. Le poète eut aussi quelques amitiés particulières, avec d'Arnaud, avec M*me *de la Verpilière, personne bien située, fort littéraire, et qui portait, comme on le voit, un nom de comédie. C'était la femme du prévôt des marchands de Lyon; elle tenait salon et donnait à ses invités la primeur des grandes rimes antiphilosophiques de Gilbert, qui lui écrivait :* « *Il me fallait un Mécène, et vous daignez m'en servir.... Ma jeunesse vous a inté-*

ressée et vous m'avez permis d'entrer dans la carrière des lettres sous vos ailes. »

On ne sait point si ces ailes, qui étaient peut-être celles d'une tourterelle surannée, retinrent le poète enserré bien longtemps ; Gilbert paraît avoir été peu sensible à la passion principale de son âge, qui, au XVIIIe siècle comme au XIXe, était quelque chose d'à peu près semblable à l'amour. Il adressa des vers à une demoiselle Rosalie ; il s'essaya plus tard à des rimes voluptueuses dédiées à Dorat. Tout cela est un peu bien cherché, et s'il fait avec ce galant compagnon un voyage à Cythère, il est aisé de reconnaître que c'est un voyage intéressé. Ce qui lui plaisait en Dorat, ce n'était point sa muse polissonne, mais la fureur de haine que ce libertin irascible avait vouée à La Harpe. L'explosion en était quotidienne, mais faillit, une fois, tourner à la tragédie : — *Qu'il est risible, ce petit homme ! avait écrit Dorat. Quand il importune, une chiquenaude en débarrasse.* Les amis de La Harpe lui représentèrent que cette chiquenaude était un trop grand affront, et qu'il fallait la laver par l'épée. L'agresseur se montrait fort disposé à la bataille ; l'insulté revint à la patience et ce retour ne lui fit pas de bien dans l'opinion publique. L'Académie profita de l'occasion pour gourmander le critique sur la violence et le mauvais ton qui régnaient ordinairement dans ses écrits. Gilbert, lui, n'avait plus besoin d'occasion pour donner l'assaut à l'objet de la réprimande, et il le donna du même coup aux réprimandeurs. Il avait composé la Diatribe au sujet des prix académiques, *et ce morceau contenait des choses plaisantes sur les singulières ambitions et prétentions scientifiques qui travaillent les corps littéraires. Il imagi-*

nait un jeune poète qui, dans son désir de plaire, avait en-
voyé au concours une épître « Sur la chimie dans ses
rapports avec l'éloquence », *et se croyait bien sûr d'ob-*
tenir le prix. Et puis, il en revenait au Poète de La
Harpe, *pièce couronnée, élucubration* « *hermaphrodite* »,
tenant à la fois de l'épopée, de la tragédie et de la satire,
parfait modèle enfin de la confusion des genres. — *Et*
voilà, disait-il, comment M. de La Harpe connaît les rè-
gles, lui qui « *régente par ses extraits la haute et basse*
littérature ». *Tout cela était assez vrai ; les jugements*
de La Harpe étaient bien différents de la critique de nos
jours, telle que Sainte-Beuve l'a réformée. Rien d'élevé,
rien de libre, rien de personnel que les inimitiés et les
colères. Pour le reste, c'étaient bien des cours, des leçons ;
La Harpe, aujourd'hui, nous paraît un pédagogue, et il
n'est que trop avéré que ce fut un Zoïle.

D'autres furent déchirés par Gilbert, qui valaient
mieux que La Harpe, Diderot, par exemple. Après l'a-
venture du Jugement dernier, *le poète déçu ne devait*
plus tarir. Il faut dire et redire que s'il montre une in-
discrète manie de vengeance, l'iniquité dont il se plaignait
avait été criante. Une grande compagnie qui dispose des
récompenses et de la renommée se doit de lire avec at-
tention les morceaux proposés à son jugement, où se ren-
contrent des strophes comme celle-ci :

> L'Océan révolté, loin de son lit s'élance,
> Et de ses flots séditieux,
> Court, en grondant, battre les cieux
> Tout prêts à le couvrir de leur ruine immense.
> C'en est fait : l'Éternel, trop longtemps méprisé,
> Sort de la nuit profonde

Où, loin des yeux de l'homme il s'était reposé.
Il a paru : c'est lui ; son pied frappe le monde,
Et le monde est brisé.

Or Gilbert fut vraiment recevable à dire que son Ju-
gement dernier *avait été écarté sans examen. Le parti*
dominant tout entier reconnaissait les talents du poète ;
mais d'abord, le plus remarquable de ces talents était
celui précisément qui manquait aux chantres de l'église
philosophique. Villemain l'a dit avec autorité, dans son
Tableau de la littérature au XVIIIe siècle, *les antiphiloso-*
phes ont eu la bonne fortune de retrouver l'accent lyrique.
On ne pardonna point à Gilbert cette heureuse et illustre
rencontre. Je me hâte d'ajouter qu'il fit tout pour em-
pêcher qu'on ne la lui pardonnât. Rien de plus curieux
que d'observer le sentiment que les philosophes éprouvè-
rent, quand parut la première satire. Ce fut d'abord une
grande surprise de voir ce jeune homme donner tête bais-
sée contre des puissances si solidement établies sur l'opi-
nion, quand les puissances ordinaires ou légitimes, fon-
dées sur des traditions rompues et des droits ébranlés,
croulaient de toutes parts. Eh quoi ! le premier venu
leur faisait de si cruelles leçons à eux, qui étaient les
meilleurs amis des souverains étrangers et que redoutait
le roi de France ! Ils savaient bien que, depuis quelque
temps, il se préparait contre eux quelque chose. Fréron,
l'abbé de Crillon, et cet abbé Grosier, tous les dispen-
sateurs des grâces de Mesdames et leurs conseillers étaient
du complot, auquel Palissot ne paraît point décidément
avoir été associé. Ce dernier n'aimait pas ce petit Gilbert,
qui allait servir d'instrument à ces desseins secrète-

ment politiques ; il craignait fort les aventures. On le vit bien pendant la Révolution ; il sut se terrer comme un vieux renard.

Les philosophes, enfin, n'ignoraient pas qu'on imprimait la satire ; ils ne s'attendaient point à cette impétuosité d'attaque et à cette vigueur de talent. Nodier a dit de Gilbert que ce fut « le premier satirique de son siècle ». Ce jugement paraît d'abord entaché d'un peu de faveur, hyperbolique envers le poète dont il se fit l'éditeur ; en y réfléchissant, on en reconnaît la justesse. Ce temps produisit nombre d'épigrammatistes ; d'autre satiriste proprement dit, on n'en voit point. Il ne faut pas confondre les deux genres. C'est ce que Fréron fit ressortir ; il ajoutait : « Ce n'est pas parce que cette satire m'est adressée que je me hâte d'en parler ; c'est parce qu'elle m'a frappé par l'excellent ton de versification, par l'énergie des pensées et des tableaux. J'avais déjà fait remarquer des étincelles de génie dans les ouvrages du jeune auteur. Cependant, excepté sa belle ode sur le Jugement dernier, toutes ses idées m'avaient paru peu liées. J'avais trouvé de grandes beautés dans ses premiers essais, mais presque jamais vingt vers de suite. Ici il s'est élevé au-dessus de lui-même et les beautés l'emportent sur les défauts. »

La satire était vraiment adressée à Fréron ; on peut même croire qu'il en fit modifier le début qui, dans la première édition, fut celui-ci :

C'est vainement, Fréron, qu'en tes sages écrits
Dévouant nos Cotins à de justes mépris,
Tu prétends du bon goût retarder la ruine.

A ce texte, les éditions postérieures substituèrent celui qu'on va lire et qui est demeuré :

> Ne prétends plus, Fréron, par tes savants efforts,
> Détrôner le faux goût qui règne sur nos bords.

Le premier valait mieux ; mais la variante a peu d'importance. Ce préambule n'est rien ; la satire commence véritablement aux vers fameux :

> Un monstre, dans Paris, croît et se fortifie,
> Qui, paré du manteau de la philosophie.
> . . . .
> Ce monstre, toutefois, n'a point un air farouche,
> Et le nom des vertus est toujours dans sa bouche.

Le parti des philosophes, « de l'univers réformateur discret », semant ses écrits dans l'ombre, en est arrivé à conquérir la pleine lumière, la pleine liberté au détriment de la liberté des autres, la puissance enfin, le sceptre, presque la foudre ; il se rit des princes de la terre et

> ...Des dieux diffamés, usurpa les autels.

Cependant, où sont les avantages dans ces nouveautés pour l'honneur et pour la morale ?

> Eh ! quel temps fut jamais en vices plus fertile ?
> . . . .
> Suis les pas de nos grands : énervés de mollesse,
> Ils se traînent à peine en leur vieille jeunesse.

La satire ne visait point que la littérature « impie », mais aussi le relâchement effréné de la société noble et bourgeoise, les grands et les petits philosophes, les grands et les petits mondains.

> J'aurais pu te montrer nos duchesses fameuses,
> Tantôt d'un histrion amantes scandaleuses.
>
> . . . .
>
> Tantôt, pour égayer leurs courses solitaires,
> Imitant noblement ces grâces mercenaires,
> Qui, par couples nombreux, sur le déclin du jour,
> Vont aux lieux fréquentés colporter leur amour.
>
> . . . .
>
> Mais la corruption, à son comble portée,
> Dans le cercle des grands ne s'est point arrêtée.
>
> . . . .
>
> Madame, des beaux-arts bourgeoise protectrice,
> En couvent d'esprits forts transforme sa maison,
> Et fait de son comptoir un bureau de raison.
>
> . . . .
>
> Orgon, à prix d'argent, veut anoblir sa race.
>
> . . . .
>
> Jadis son clerc, Mondor, enviait son partage.
> Tout à coup, des bureaux secouant l'esclavage,
> Il loge sa mollesse en un riche palais.
>
> . . . .
>
> Mais sa fortune, ami, comment l'a-t-il accrue ?
> Il a vendu sa femme, et ce couple abhorré,
> Enveloppé d'opprobre, est pourtant honoré.

Orgon, Mondor, la bourgeoise protectrice des beaux-arts, les duchesses fameuses, tout ce monde put se reconnaître. Il est probable que la conduite de la satire avait été longuement discutée, que Fréron, l'abbé de Crillon et d'autres désignèrent souvent à l'auteur les modèles qu'il fallait choisir. Ces portraits sont aujourd'hui pour nous autant d'énigmes dont nous chercherions vainement la clef ; mais l'action et les conseils ou les ordres du « parti

des mœurs », du « parti dévot », se manifestent partout
ici avec éclat. Après ces tableaux parlants, le satirique en
revient à ceux qui lui ont fourni l'occasion de les peindre.
La corruption mondaine et populaire, c'est l'effet ; il faut
frapper la cause !

Qui sait, grâce aux docteurs du moderne Évangile,
Qu'en vain le pauvre espère en un Dieu qui n'est pas.
. . . .
Chacun veut de la vie embellir le passage.
. . . .
La monarchie entière est en proie aux Laïs ;
Leurs vices sont les dieux qu'encense le pays ;
Et la religion, mère désespérée,
. . . .
Dans un cercle brillant de nymphes fortunées,
Entends ce jeune abbé : sophiste bel esprit,
Monsieur fait le procès au Dieu qui le nourrit.

Ce vers, dont la facture est vraiment forte, signale le
retour offensif du poète contre les philosophes ; ils n'au-
ront rien perdu pour attendre. Ce terrible Pygmée s'en
prend d'abord aux Titans.

. . . . . Arouet parle d'humanité !

Il ne déguise plus les noms !

Dans un livre où Thomas, rêve comme en extase,
Je cherche un peu de sens et vois beaucoup d'emphase.
. . . .
Saint-Lambert, noble auteur, dont la muse pédante
Fait des vers fort vantés par Voltaire qu'il vante.
. . . .
Et ce froid d'Alembert, chancelier du Parnasse.

*La rancune nourrie contre d'Alembert par le poète,
depuis son arrivée à Paris, se trahissait. D'ailleurs, dans
les deux sens du mot, ce trait peut-être était juste ;
mais voici les iniquités puériles par excès de violence,
les coups imprudents qui se retournent contre la main
qui les porte :*

> Et ce lourd Diderot, docteur en style dur,
> Qui passe pour sublime à force d'être obscur.

> . . . .

> Et ce vain Beaumarchais qui, trois fois avec gloire,
> Mit le mémoire en drame et le drame en mémoire.

*La satire ne contenait qu'un mot à l'adresse de La
Harpe :*

> La Harpe est-il bien mort ? Tremblons...

*Aussi le critique put-il écrire : « Un nommé Gilbert
vient d'imprimer une satire où il traite avec le plus
grand mépris M. de Voltaire, d'Alembert, Thomas.*

> Parmi tant de héros je n'ose me placer.

*Sa place, vraiment, était maigre, et d'autant plus in-
supportable. Au demeurant, toute la philosophie se trouvait atteinte et blessée. Ces attaques étaient vives, cruelles ;
une chose heureusement en relevait la portée : c'est
qu'elles apparaissaient bien comme l'œuvre de tout un
parti exécutée par un homme ; d'un parti dont Gilbert, en
terminant, avait nettement arboré le drapeau.*

> Oh ! si ces vers, vengeurs de la cause publique,
> Qu'approuva de Beaumont la piété stoïque,
> Portés par son suffrage, au pied du trône admis,

Obtiennent de mon Roi quelques regards amis ;
S'il prête à ma foiblesse un bras qui la soutienne,
On verra de nouveau ma muse citoyenne
Flétrir ces novateurs que poursuivront mes cris ;
Ils ne dormiront plus qu'en lisant leurs écrits.

Le bras de Louis XVI, qui venait de succéder à son aïeul Louis XV, n'était pas assez ferme pour soutenir les débris du passé contre les novateurs ; l'évènement le prouva bien. Et qui le savait mieux que ces novateurs eux-mêmes ? Tous pourtant ne montrèrent pas dans cette aventure autant de flegme, d'esprit et de bonne foi que Grimm, qui écrivit : « Personne n'a fait contre nous des vers d'une touche si originale et si vigoureuse. » Les petits compagnons de la troupe philosophique, qui n'avaient pas même été nommés, se démenèrent ; on vit paraître des répliques à la satire : le XVIIIe siècle vengé, l'Anti-Gilbertine, *etc. Personne ne lut ce fatras. De plus importants parmi les offensés pourraient bien avoir alors recherché quelqu'une de ces bonnes vengeances sourdes qui ne s'obtiennent point par la plume, car un orage inattendu menaça tout à coup Gilbert. Un des personnages les plus considérables, sinon les plus considérés, de la cour et du royaume, le duc de Fronsac, avait été circonvenu ; on lui avait dénoncé certain passage de l'œuvre sanglante où il eut envie de se reconnaître :*

Demi-dieux avortés, qui, par droit de naissance...
Dans les camps, à la cour, règnent en espérance.

Et plus loin :

Souvent à pleines mains d'Orval sème l'argent ;
Parfois, faute de fonds, monseigneur est marchand.

Cependant, pour cette fois, ce libertin effréné ne bougea point ; mais l'occasion allait renaître.

On ne peut guère se demander si Gilbert avait été poussé dans le parti dévot par l'ardeur de la foi ou par celle de la vengeance. Il est permis, en lisant la préface qu'il avait placée, deux ans auparavant, en tête de son Poète malheureux; *de penser que ses convictions religieuses étaient alors assez tièdes, car ce morceau renferme, sur l'infaillibilité du pape comparée à celle de l'Académie, une plaisanterie qui n'est pas d'un catholique bien timoré ni même fort respectueux. Nos croyances, à nous tous pauvres humains, changent, il est vrai, avec nos passions. Gilbert avait entre tous une de ces âmes mobiles ; d'ailleurs, il avait accepté un poste de combat. Ceux qui l'y avaient mis voulurent lui ôter la pensée même d'une retraite, ce qui peut paraître moins un calcul de méfiance que de bonne politique. Ici doit se placer la preuve fournie par M*^{me} *de Créquy de l'aisance relative que l'on assura au poète ; j'avais promis de la faire connaître.*

C'est un document à peu près irréfutable, une lettre adressée à la marquise elle-même, parente du ministre de la maison du roi, par Madame Louise de France, religieuse carmélite, et que voici :

Je vous prie de vouloir bien accorder votre protection au sieur Gilbert, en le recommandant à votre cousin pour qu'il puisse obtenir la première pension qui viendroit à vaquer sur la *Gazette de France.* Ayant de grands talents, *il les a consacrés à la défense de la Religion;* et, non seulement il trouveroit du pain dans le parti opposé, mais il pourroit y faire sa fortune. *C'est une tentation dont il faut*

le préserver. Vous n'avez besoin, madame, pour vous y engager, que de votre propre attachement pour la Religion et
le bien de l'État.

SŒUR THÉRÈSE DE SAINT-AUGUSTIN,

R. C. I. (religieuse carmélite indigne).

Cette lettre porte la date de 1775. *La pension fut accordée, non sur la* Gazette, *mais sur le* Mercure. *La
Harpe, qui avait eu le privilège de ce journal, dut certainement la connaître. Ainsi se vérifie le* compte présenté
*par Mme de Créquy; le total de 2,200 livres formant
le revenu du poète a été, comme on l'a vu, exactement
justifié. Gilbert traité largement ne pouvait plus déserter;
rien ne démontre que jamais il y songea. La « tentation »
ne lui fut pas offerte, mais tout porte à croire qu'il l'aurait repoussée; l'art et l'impudence des palinodies avaient
encore des progrès à faire, et les ont faits. Ce jeune
homme, au reste, n'avait point l'avidité en partage;
c'était bien plutôt l'orgueil qui le conduisait. Reconnu désormais pour un « défenseur de la religion », il fut invité
sans doute à faire acte de champion dans une conjoncture
solennelle. Il y eut en France un jubilé. Les spectacles
qu'il fit voir n'éveillèrent pas moins de surprise dans
l'âme des philosophes que ne leur en avaient causé les re-
vanches audacieuses du parti religieux par la plume de
Gilbert. Seulement, cette surprise fut bien plus naïve;
ceux qui, par zèle pour ce qu'ils croient être la raison,
ou dans un intérêt de parti, se sont imposé la tâche
d'entamer la foi des peuples, s'imaginent trop aisément
que leurs coups ont porté.*

Il y eut partout une grande ferveur. Les philosophes n'en

*croyaient point leurs yeux. Les ironiques s'amusèrent à
leurs dépens comme à ceux de cette foule dévote ; ils leur
disaient malicieusement que dépasser le but c'est le manquer, qu'ils avaient frappé trop fort et qu'au demeurant
ils devaient bien voir comment on travaille à rebours
de ses intentions, et comment on réchauffe la foi de son
siècle qu'on s'était proposé d'éteindre. Les philosophes
eux-mêmes devenaient modestes et convenaient que la
philosophie n'avait peut-être pas fait encore tous les
progrès dont elle s'était flattée ; l'un d'eux, s'étant écrié
devant l'abbé Arnaud qu'ils avaient abattu pourtant
une forêt immense de préjugés, l'abbé qui n'était point
pur de tout philosophisme, — il s'en fallait bien, —
répondit avec son humour ordinaire : Voilà donc d'où
nous viennent tant de fagots ! Le parti religieux voulut
célébrer sa victoire, et Gilbert fut chargé de composer
une ode sur ce grand sujet. La pièce parut belle et mit
le comble à l'humeur des adversaires. Grimm lui-même
perdit patience et n'usa plus de bonne foi.*

*La composition de Gilbert renfermait des figures har-
dies, que les dévots n'avaient d'abord pas bien comprises
et qui les avaient effrayés. — Grimm feignit de prendre
le change : il écrivit que l'ode avait failli ne point paraître, mais qu'enfin le poète ayant consenti à repor-
ter dans le corps de la pièce deux vers qui auraient paru
trop scandaleux au début, tout s'était arrangé. Ces vers
étaient ceux-ci :*

Nous t'avons sans retour convaincu d'imposture,
O Christ !

Grande hardiesse, en vérité ; seulement, Gilbert la

plaçait dans la bouche des 'philosophes; 'voilà ce que Grimm avait omis de dire. Le poète reprenait ensuite la parole pour son propre compte, peignait la confusion des « impies » et la déroute de leurs espérances.

Ainsi parlait hier un peuple de faux sages.

Ses inspirateurs, qui avaient quelquefois l'entendement un peu rebelle, finirent par mieux comprendre et, en effet, « tout s'arrangea ». L'ode sur le Jubilé eut du retentissement; cette nouvelle production montrait sous son autre face le double talent croissant de Gilbert : lyrique et satirique; et ce sont vraiment les deux genres qu'on peut, en poésie, considérer comme les premiers.

Les années qui s'écoulèrent de 1775 à 1780 ne furent donc pas pour le poète des années ingrates; cependant le prix touché pour sa vigoureuse campagne contre les philosophes et en faveur de la religion, aurait pu être plus large et aussi plus délicatement distribué. Un peu plus tard Grimm disait : Comment un service de cette importance n'a-t-il pas été mieux payé? Grimm avait raison. Gilbert était loin cependant de la chétive condition de ses débuts, loin de cette humble épître dédicatoire à Mme de la Verpilière, la riche bourgeoise amie des arts. Il aurait pu consacrer les loisirs d'une existence assurée à la revision de ses premières œuvres, châtiant, émondant, sacrifiant même des pièces hâtives et souvent incorrectes, presque toujours assez faibles; mais on ne prévoit point que l'on mourra avant trente ans. La sévérité de la critique ennemie aurait dû pourtant l'avertir qu'il était tenu d'être parfait sous peine d'être

*décrié sans cesse. La Harpe continuait à se montrer
implacable.*

En 1778, *Gilbert composa son ode* Sur la Guerre présente, *qui renferme des beautés. Il avait eu à célèbrer le
combat naval d'Ouessant, engagé par l'amiral anglais
Keppel avec trente vaisseaux, contre l'escadre française
de M. d'Orvilliers. Les Anglais avaient battu en retraite, et ce grand évènement fut accueilli avec ivresse
à Paris, à Bordeaux, à Nantes.*

> Il a fui devant nous pour retarder sa perte,
> Ce peuple usurpateur de l'empire des eaux.

*Ces vers parurent trop hyperboliques à La Harpe
qui, pourtant, confessait le mérite de l'ode et sa « marche
lyrique ». Il prit contre Gilbert le parti des Anglais,
disant qu'on ne pouvait vraiment les accuser d'avoir fui,
quand ils n'avaient fait que céder devant des forces supé-
rieures. Les Français avaient, en effet, trente-deux vaisseaux et quinze frégates ou bâtiments plus légers. Voilà
ce qui s'appelle une critique au fond, et non pas seulement sur la forme ! Notre gloire nationale en faisait les
frais. La Harpe fut blâmé ; ce qu'il mit naturellement
au compte des torts que le poète lui avait causés et ce
qui ne le radoucit point.*

*Gilbert, après cette ode de la Guerre présente, n'en
devait plus produire qu'une, celle qu'il exhala avec la
vie, sa seule œuvre sans taches et le gage de la durée de
son nom à travers les temps. Il ne songeait guère, en* 1778,
*à cette fin misérable et sublime et ne s'occupait qu'à don-
ner un pendant à sa satire. Il croyait devoir cette marque*

de gratitude aux personnes qui « avaient défendu le Tableau du XVIII*e* siècle, *du mépris dans lequel la cabale
philosophique prétendait l'ensevelir ». Il devait aussi cette
bravade « aux gens du monde qui semblaient avoir fait
une ligue contre lui avec ces prétendus philosophes ».
J'emprunte ces passages à un court morceau de sa main
qu'il intitula* Réflexions sur la Satire du XVIII*e* siècle.
Au cours de cette année 1778, *il lança le nouveau bran-
don de guerre sous ce titre :* Mon apologie.

*Ce fut l'occasion de sa perte, occasion imprévue par
lui, peut-être préparée par d'autres.*

*On devait naturellement croire que, dans cette seconde
attaque, ce cruel champion des mœurs reviendrait aux
victimes de sa première satire, désireux d'achever l'exé-
cution commencée ; il n'y manqua point.*

> La fille d'un valet, qu'entraîna dans le crime
> Le spectacle public des respects qu'il imprime,
> Par un grand dérobée aux soupirs des laquais.
>
> . . . .
>
> Bientôt de sa beauté, fameuse dans Paris,
> Vous verrez la fortune échappée au mépris,
> Au sein de Paris même, encor plein de sa honte,
> Épouser les aïeux d'un marquis ou d'un comte,
> Armorier son char de glaives, de drapeaux,
> Et se masquer d'un nom porté par des héros.

*Les mêmes gens qui, trois ans auparavant, avaient
averti M. de Fronsac, retournèrent près de lui et lui
dirent : Ce fils des héros, c'est vous. Ces habiles et obli-
geants entremetteurs, eux aussi déchirés par le poète, au
lieu de lui répondre, trouvaient bien plus piquant de lui
procurer des coups de bâton. Gilbert comprit bien qu'en
face d'un si grand seigneur, l'appui de ses protecteurs*

ordinaires serait moins sûr que contre les philosophes;
il écrivit au duc une lettre fort humble. On ne saurait
s'empêcher de penser que ce furent peut-être bien les pro-
tecteurs qui la lui dictèrent :

Monsieur le duc, de toutes les persécutions que mes ennemis pourront me susciter, ils ne sauraient m'en faire
éprouver une qui me soit plus sensible que de me noircir
injustement dans votre esprit. Votre rang, le respect que je
dois à votre personne, mon nom placé à la tête de mon
ouvrage suffiraient pour rendre invraisemblables les sentiments qu'on me prête si généreusement. Le diffamateur se
cache dans l'ombre; si mon dessein eût été de vous offen-
ser, aurais-je eu l'imbécillité de me nommer ?

L'attaque, si elle avait été dans l'intention du poète,
était vraiment forcée et plus qu'obscure. On ne comprend
pas bien ce seigneur, « dérobant une beauté fameuse aux
soupirs des laquais, et l'épousant ensuite ». L'aîné de
la maison de Richelieu n'a point contracté un de ces
mariages sur lesquels les écrivains d'aujourd'hui, bien
plus libres que les contemporains, seraient eux-mêmes
embarrassés de s'expliquer. Fronsac a chargé sa frivole
mémoire d'un assez grand nombre d'autres méfaits.
En toute cette affaire il n'y a de clair et d'incontestable
qu'une grosse machination autour de Gilbert et que sa
lettre. D'ailleurs, elle n'eut pas de suite. Fronsac, en-
core une fois, s'apaisa, le poète fut sauvé de la baston-
nade qui n'était pas une crainte chimérique; il y en
avait des exemples célèbres.

Cet incident devait seulement faire toucher du doigt
au satirique les inconvénients de la situation qu'il avait
conquise dans le parti dévot. Il ne s'y voyait point libre

et honoré comme l'étaient, dans l'autre parti, les philoso-
phes qui vivaient de pair à compagnon avec des princes
héritiers, des impératrices et des rois. On le traitait
comme un soldat précieux de la bonne cause, mais aussi
comme un petit compagnon. Il recevait des gages assez
beaux, mais c'étaient des gages ; il le sentait vivement,
amèrement quelquefois :

J'ai perdu ma fortune à venger la vertu.
. . . .
Si je vois mes travaux payés d'un peu d'estime.

Ce peu était encore flatteur sans doute par la haute qua-
lité de ceux qui le donnaient ; mais l'aventure avec M. de
Fronsac lui fit bien connaître que ses nobles protecteurs se
trouveraient embarrassés d'avoir à le défendre contre
leurs pairs ; alors il eut pour la première fois la vision
claire et poignante de son isolement au milieu de ce grand
monde mourant qu'il avait servi, en face de ce monde
nouveau qu'il avait attaqué. Il pressentit l'ingratitude de
l'un et ressentit la crainte de l'autre. La première phrase
de sa lettre à Fronsac est significative : « De toutes
les persécutions que mes ennemis pourront me susci-
ter... ». Il n'ajouta point : « Et dont mes amis ne sau-
raient pas me défendre » ; mais il le pensa. Et, de ce mo-
ment, commença peut-être en lui ce trouble de l'esprit
qui paraît avoir empoisonné ses derniers jours ; ce déran-
gement particulier, dont les effets paraissent toujours
si douloureusement plaisants, la manie, enfin, des persé-
cutions.

La marquise de Créquy a nié tout cela ; elle a pré-
tendu que la mort lamentable de Gilbert était une pure

*invention des philosophes, qu'il n'avait point fini, sans
ressources, à l'hôpital, mais chez lui, dans son lit, bien
soigné, bien renté, victime du plaisir qu'il aimait le
mieux, l'équitation. C'était alors comme un art nouveau, par l'addition des façons d'outre-mer, de ces grâces
anglaises, le dernier mot de la mode. On voit bien l'intérêt du parti philosophique à établir que le parti des dévots laissait mourir de désespoir et de faim ceux qui lui
avaient dévoué le meilleur de leur jeunesse avec leurs talents. Cependant, il faut reconnaître que si la légende est
imaginaire, la trame a été bien ourdie !*

*Elle a survécu au temps, à la critique, à toutes les dé-
monstrations contraires, cette légende navrante. Aucune
n'est mieux connue : Gilbert, un jour, serait arrivé dé-
fait, agité, dans la maison du curé de Charenton, et
criant que la fièvre le dévorait, qu'il allait mourir, aurait demandé qu'on lui donnât l'extrême-onction. Ce
prêtre n'ayant jamais vu aucun chrétien faire deux
lieues à pied pour chercher le dernier sacrement, est pris
de peur. Gilbert, heureusement, le quitte. Il s'en va tout
droit à la résidence de l'archevêque, qui était voisine, se
couche aux pieds du prélat, dénonce le curé qui, gagné
par les philosophes, refuse de l'assister à son heure dernière. Monseigneur de Beaumont entre en surprise à
son tour, console ce furieux doucement, mais fait qué-
rir des hommes qui s'emparent de lui et le conduisent
à l'Hôtel-Dieu. Là, on découvre que le malheureux a
avalé la clef de sa cassette. Au bout de trois semaines
il meurt.*

*Mme de Créquy dément encore cette histoire de clef;
elle reconnaît l'existence de la cassette, ajoutant même*

*qu'on y trouva la moitié des cinquante louis envoyés par
le ministre de la maison du roi ; point d'ouvrages ache-
vés, mais quelques notices et un testament qui léguait
200 livres à un jeune soldat aux gardes françaises,
lequel, depuis, obtint une fortune si éclatante, que souvent
il dut s'égayer en pensant à ce modeste legs d'un poète ;
— car ce jeune soldat, c'était Bernadotte.*

 *Incident curieux à noter au passage, mais qui n'ap-
porte que peu de lumière au procès. Les ennemis de Gilbert ont admis la clef qui leur fournit même un grand
sujet d'hilarité : — C'est la clef de l'Académie, disaient-ils.
La Harpe et Grimm décrivent avec soin la situation
qu'elle occupait dans le corps du pauvre poète qu'on ouvrit : « Elle était accrochée par une de ses dents aux
membranes de l'œsophage, près de l'orifice supérieur de
l'estomac ». D'ailleurs « le fait est attesté par tous les
chirurgiens de l'Hôtel-Dieu ». Mais voici où la contra-
diction commence : c'était la clef d'une cassette, tous les
écrivains du parti le disent ; et pourtant c'était « une
grosse clef ». Autres choses contradictoires : ils acceptent,
ils proclament la folie née de la misère comme l'incontestable cause de cette déplorable mort, et cependant, ils
admettent les dons de l'archevêque. La Harpe, avec sa
noirceur ordinaire, va plus loin ; il insinue que Gilbert
recevait du ministre des affaires étrangères « une de ces
pensions que ce ministre peut prendre sur le privilège
accordé aux papiers politiques ». Voilà ce qu'il en coûtait
au poète mort d'avoir reproché naguère aux philosophes
d'être pensionnés par les cours étrangères. C'était la réplique. L'insensibilité de la troupe philosophique tout entière est, d'ailleurs, frappante. Grimm écrivit : « Un*

jeune poète vient de mourir, qui fut non moins célèbre par ses talents que par l'abus qu'il en a fait dans deux satires où les philosophes ont été insultés sans pudeur... » Et Grimm continue de ce ton sec ; il raconte brièvement la folie. D'autres, qui avaient moins d'esprit que Grimm, ont fait entendre que ce délire pourrait bien avoir été le fruit du remords allumé dans le poète par le sentiment de ses torts et de ses outrages envers les dieux du moment. Cette folie causée par le remords ou par la misère, par le dégoût de soi-même ou des autres, fait invraisemblablement le fond de tous ces récits. Pour la bien établir, quelques-uns ont encore admis la chute de cheval, suivie à l'Hôtel-Dieu de l'opération du trépan faite par Dessault. — *Voilà, pourtant, une affirmation positive.*

Mme de Créquy n'assure pas moins nettement que ce « scandale » fut une œuvre noire, imaginée, préparée tout d'une pièce par ceux qui croyaient avoir intérêt à la répandre, et que Gilbert, encore une fois, mourut chez lui. Elle ne raconte point cette mort. On aimerait pourtant à savoir que ses protecteurs l'assistèrent ; les deux principaux étaient alors l'abbé de Crillon et l'abbé Grosier ; — sans parler du prince de Salm. Le premier pouvait se croire de trop grande maison pour se commettre en une démarche de charité, bien que ce fût un bon prêtre ; mais le second, cet abbé Grosier, n'était-il pas tout roture ? On s'expliquerait mal son absence au chevet du moribond, car il avait entretenu avec lui, depuis quelques années, des rapports de plus en plus fréquents, étant devenu l'âme de la résistance aux philosophes ; il continuait ce qu'on appelait dédaigneusement dans l'autre camp les « papiers » de Fréron, qui avait cessé de vivre en 1776. *Le souvenir des visites de l'abbé Grosier au poète mourant n'a pas été conservé. L'abbé, dans tous les cas, dut connaître le fond de ce drame. C'est lui, peut-être, qui tint la vérité, et il aurait pu la dire à la génération suivante, car il était encore vivant en 1823. Mais étant alors conservateur de la bibliothèque de Monsieur, après avoir été le confident et l'agent de Mesdames de France et de monseigneur de Beaumont, il se crut obligé sans doute à beaucoup de réserve que lui commandaient, en effet, des considérations délicates ; il n'a pas parlé !*

Au demeurant, il est difficile de croire que Gilbert mourut pauvre et affamé, s'il est trop certain qu'il ne vécut pas heureux. Les bons esprits n'en peuvent guère accuser que lui-même. Il eut un orgueil démesuré, l'humeur chagrine, une âme fière, il est vrai, mais le cœur mal ouvert et médiocrement généreux. Il montra moins de fermeté à soutenir la mauvaise fortune que de courage imprudent à la braver pour la satisfaction excessive de ses ressentiments. Il est bien le premier modèle de ces jeunes maîtres, richement doués par la nature, et mécontents d'une société qu'ils trouvent mal faite, parce qu'elle ne l'est point à leur image, point ordonnée de telle sorte qu'ils y tiennent le premier rang. Nous en avons eu après lui toute une troupe nombreuse et variée : harmonieuse bohême enfiellée, qui ajoute beaucoup à la couleur pittoresque d'un temps, fort peu à ses richesses littéraires. Heureusement il n'en fut pas de même pour Gilbert : il vivra, je l'ai déjà dit, parce qu'il a rencontré plusieurs morceaux véritablement éloquents, un surtout qui ne peut mourir.

Les personnes sensibles et romanesques regrette-

raient qu'il n'eût pas composé dans un lit d'hôpital ce chant divin du cygne. Ce cadre de misère funèbre leur est cher ; quant à moi, j'avoue qu'il me paraît inutile. L'émotion est assez douloureusement éveillée par la pensée de ce jeune homme si vaillant malgré ses erreurs et ses défaillances mêmes, et sinon glorieux, déjà fameux.

Il regrette ses fautes autant que la vie ; c'est qu'il sent bien que les fatalités des unes ont entraîné la chute rapide et cruelle de l'autre. Il voudrait vivre encore ; d'abord pour la joie de vivre, ensuite pour réparer le mal qu'il s'est fait.

> J'ai révélé mon cœur au Dieu de l'innocence ;
> Il a vu mes pleurs pénitents.
>
> Mes ennemis riant ont dit dans leur colère :
> Qu'il meure et sa gloire avec lui !
>
> Salut, champs que j'aimais, et vous, douce verdure,
> Et vous, riant exil des bois.
> Ciel, pavillon de l'homme, admirable nature,
> Salut pour la dernière fois !

Des gravures populaires représentent le poète dans le lit de l'Hôtel-Dieu. Il est dressé sur ses maigres oreillers, et, les mains levées au ciel, il assemble ces rimes superbes ; une sœur de charité est assise à son chevet. N'y aurait-il pas à faire un autre tableau : — La chambre du poète ; auprès de son lit, un jeune homme en ce galant habit des gardes françaises, son légataire, Bernadotte ? Il assiste son ami mourant, il est tout plein, lui, des forces et des désirs de la vie et ne sait guère ce qu'elle lui réserve. Le moribond regrette la gloire et lui, le futur grand capi-

*taine, lui qui sera roi, ne la pressent point. Plus tard,
se souvenant de cette triste scène, songeant à la fin pré-
maturée du poète, confident autrefois de ses rêves d'avenir, lui-même arrivé au faîte d'une grandeur inattendue,
il pourra dire : Ni l'un ni l'autre de nous n'avait prévu
sa destinée.*

*Mais si l'on en croit l'*Ode imitée de plusieurs
psaumes, *et il faut l'en croire, car dans ces vers célèbres tous les accents ont une sincérité sublime, la
chambre du mourant était déserte. Pas un compagnon
de l'heure dernière, pas même Bernadotte, que le poète
avait aimé puisqu'il lui légua le peu qu'il possédait au
monde.*

Ciel, pavillon de l'homme, admirable nature,
. . . .
Ah! puissent voir longtemps votre beauté sacrée
            Tant d'amis sourds à mes adieux!
Qu'ils meurent pleins de jours! Que leur mort soit pleurée
            Qu'un ami leur ferme les yeux!

*Décidément le protecteur Grosier n'était point là, —
pas plus que Bernadotte; l'abbé et le garde française
s'étaient également éclipsés.*

PAUL PERRET.

Paris, février 1882.

À Monsieur de Sartine.

Oui, jugés moi sans indulgence,
Proscrivés le mortel,
Le plus infortuné, mais le plus criminel,
J'ai célébré la bienfaisance,
J'ai peint dans Monteynard Sully ressuscité,
Sartine, et je n'ai point chanté
Le protecteur des arts, surtout de l'innocence.
——— Gilbert

ÉPITRE DÉDICATOIRE

A MADAME

DE LA VERPILIÈRE[1]

MADAME,

NE vous alarmez point de voir votre nom à la tête de cet ouvrage : votre modestie n'aura point à souffrir. On dit que dans la société des muses on apprend l'art de flatter : je l'ignore ; et les adulateurs me sont odieux. Je cultive les lettres par goût. Il me falloit un Mécène pour soutenir le grand jour : vous daignez m'en servir, parce que les beaux-arts font vos plaisirs, et que vous voulez qu'ils contribuent à votre gloire. Mon obscurité sans doute devoit vous armer contre mes vœux, mais ma

1. Cette Épître dédicatoire se trouve en tête du premier recueil des écrits de Gilbert qui parut, en 1771, sous le titre de *Début poétique*.

I

jeunesse vous a intéressée. Les talents connus n'ont pas besoin d'appui : s'ils en cherchent, ils se prostituent, et il y a peu d'honneur à les protéger. Voilà la façon de penser que vous m'avez montrée en me permettant d'entrer sous vos ailes dans la carrière de lettres. Voilà ce qui fait votre éloge, mieux que les plus éloquents discours.

Je suis avec le plus profond respect,

MADAME,

Votre très humble et très obéissant
serviteur,

GILBERT.

PRÉFACE DE L'AUTEUR[1]

RIEN ne décourage plus les jeunes poëtes que la vue de l'avilissement où est tombé aujourd'hui la poésie. Le jargon de M. La Béquille[2] a pris parmi nous la place du langage des dieux. Hormis la tragédie, on ne lit plus d'ouvrages en vers. A peine daigne-t-on encore jeter quelquefois les yeux sur les merveilles des Despréaux et des Rousseau. Heureux Voltaire d'être né avec un génie si éclatant[3] ! Pour attirer sur lui, pour fixer les regards dédaigneux de

1. Cette préface appartient également au volume *Début poétique;* mais elle a été conservée en partie dans toutes les éditions des œuvres complètes de notre auteur.

2. Allusion à une facétie du marquis de Bièvre intitulée « Lettre écrite à madame la comtesse *Tation* », par le sieur de *Bois-Flotté,* étudiant en droit *fil.*

3. Tels étoient, en 1771, les sentiments de Gilbert à l'égard de Voltaire ; mais en 1775, dans la satire du xviiie siècle, notre auteur change entièrement de ton et de pensée.

notre public, il lui falloit avoir composé *la Henriade*,
Alzire, Brutus, et tant d'autres chefs-d'œuvre.

Qu'on s'étonne encore qu'il ne s'élève personne
pour s'asseoir sur le trône de ce fameux poëte, qui
touche aux bords de son tombeau[1]. Ce n'est point
en avilissant l'art militaire que vous ferez naître de
grands guerriers. L'homme ne s'efforce à exceller
dans un art qu'en proportion de la considération qui
y est attachée. Il en est des sciences comme des
vertus. Pourquoi voyez-vous rarement une comé-
dienne vestale ? C'est que vous les croyez toutes
Laïs.

Mais, dira-t-on, si la poésie est avilie, si les poëtes
même sont méprisés, c'est que nous ne voyons plus
de bons ouvrages en vers. Oui : mais vous exigez
qu'un poëte débute par un *Œdipe ;* vous ne donnez
point au génie le temps de se développer, de s'élever
insensiblement, et d'aller en son vol toucher la
voûte du ciel. S'il n'éclate d'abord, vous soupçonne-
rez qu'il ne se signalera jamais : vous l'anéantissez.
Corneille fut un grand poëte ; parut-il au grand jour
Rodogune ou *Cinna* à la main ? Jamais, jamais, il n'eût
enfanté ces deux prodiges, si, vivant dans notre
siècle, il se fût ouvert la carrière des lettres par
Clitandre. Tout a dans la nature une gradation imperceptible. Le fleuve, vers sa source, ne roule point
d'abord des eaux profondes et majestueuses ; le soleil
naissant est foible et peu radieux ; l'aigle, avant de
s'élever aux nues, rase longtemps la surface de la

---

1. Voltaire étoit alors âgé de soixante-dix-sept ans.

terre : et vous voulez que le poëte seul soit à son aurore ce qu'il doit être à son midi.

J'ose espérer que le Public aura quelque indulgence pour mon extrême jeunesse[1] ; mais je le prie de m'avertir de mes défauts : je recevrai ses avis avec toute la docilité d'un homme qui veut, en s'efforçant de faire des progrès, mériter ses applaudissements ; consolé par cette pensée, que si l'on trouve des fautes à corriger dans mes pièces, c'est une preuve que le tout n'est pas mauvais.

1. Gilbert étoit âgé de vingt-un ans lorsqu'il publia son *Début poétique*.

SATIRES

PRÉFACE DE L'AUTEUR

POUR LA SECONDE ÉDITION

DE LA

SATIRE DU DIX-HUITIÈME SIÈCLE

LES gens du monde semblent avoir fait une ligue avec nos prétendus philosophes pour décrier la satire. De nos jours on croit sans peine à la vertu d'un auteur licencieux qui se déclare athée ; mais on doute, au moins en apparence, qu'un satirique puisse être honnête homme ; comme si la vie seule de Boileau ne suffisoit pas pour démentir cette opinion affectée, moins outrageuse encore à sa mémoire qu'à celle de Louis le Grand, des Lamoignon, des Colbert, des Condé, et de tant d'autres personnages illustres qui l'honorèrent de leur estime particulière et de leurs bienfaits. Ces diffamateurs ont-ils oublié que ce critique inexorable donna autrefois l'exemple d'un trait de générosité[1] qu'ils ont loué avec enthousiasme dans une souveraine[2].

Pour nous, qui faisons gloire de cultiver après lui le seul genre de poésie dont l'utilité seroit vainement désavouée, malgré le respect que nous devons aux oracles des novateurs du temps, appuyé de l'autorité d'un écrivain si judicieux, nous soutenons au contraire que quiconque blâme la satire est un homme dupe des opinions d'autrui, un sot à prétentions, ou une âme corrompue. Les citoyens vertueux, les esprits sains et vraiment éclairés, ne la redoutant pas, l'ont toujours approuvée. Leurs entretiens sont la censure continuelle des mœurs dépravées et du mauvais goût : le satirique n'est en un mot que l'interprète de leurs plaintes ou de leurs jugements.

Ce sont ces hommes, dont le suffrage seul peut nous flatter, qui défendirent le Tableau du dix-huitième siècle du mépris dans lequel la cabale philosophique prétendoit l'ensevelir. Leur indulgence en-

1. Mme de Sévigné a dit de Boileau qu'il n'étoit cruel qu'en vers. Sa vie est pleine de bonnes actions et de traits généreux. « Le célèbre M. Patru, dit de Boze, se trouvoit, à la honte de son siècle, réduit à vendre ses livres, la plus agréable, et presque la seule chose qui lui restoit. M. Despréaux apprit qu'il étoit sur le point de les donner pour une somme assez modique, et il alla aussitôt lui offrir près d'un tiers davantage ; mais, l'argent compté, il mit dans son marché une nouvelle condition qui étonna M. Patru : ce fut qu'il garderoit ses livres comme auparavant, et que sa bibliothèque ne seroit qu'en survivance à M. Despréaux. »

2. Catherine II acheta de la même manière la bibliothèque de Diderot.

couragea nos foibles talents, et nous avons recueilli
leurs voix pour corriger cet ouvrage, que nous sou-
mettons une seconde fois à leurs lumières. Malheur
à nous si jamais nous désirions les applaudissements
des sophistes modernes! Attaqués dans nos vers, ils
doivent armer contre notre vie la persécution et le
mensonge : l'intolérance et le fanatisme se sont ré-
fugiés dans leur secte. Mais nous opposerons à leurs
calomnies une constance éprouvée. Le génie peut
nous manquer, et non le courage. Pensent-ils d'ailleurs que la honte ou l'honneur des gens de lettres
soient dans leurs mains? Leurs impostures ont-elles
diffamé le critique célèbre à qui cette satire est
adressée[1]? Tant qu'il a vécu, les âmes intègres que
la contagion des mauvais principes n'a point infectées
ont payé ses travaux d'une considération flatteuse.
Maintenant que la mort vient de l'enlever à la littérature, leurs regrets ne craignent pas d'éclater; et
nous, qu'il plaçoit au rang de ses amis, inconsolable
de sa perte, en voyant une foule de gens de bien
mêler hardiment leurs pleurs aux nôtres, nous disons
aux soi-disant philosophes : Calomniateurs ennemis
de la satire, apprenez par cet exemple que vos cris
et vos libelles ne déshonorent que vous-mêmes.

1. Fréron, mort le 10 mars 1776.

SATIRE I[1]

LE DIX-HUITIÈME SIÈCLE

A. M. Fréron.

Ne prétends plus, Fréron, par tes savants efforts,
Détrôner le faux goût qui règne sur nos bords,
Depuis que nous pleurons l'innocence exilée :
Sous tes mâles écrits, vainement accablée,
On voit renaître encor l'hydre des sots rimeurs,
Et la chute des arts suit la perte des mœurs.
    Un monstre dans Paris croît et se fortifie,
Qui, paré du manteau de la philosophie,
Que dis-je? de son nom faussement revêtu,

1. Publiée pour la première fois en 1775, réimprimée avec de nombreux changements en 1776, et de nouveau, avec des corrections très heureuses, en 1778.

Étouffe les talents et détruit la vertu.
L'univers, si l'on croit ce novateur moderne,
Fils du hasard, n'a point de Dieu qui le gouverne;
La mort doit frapper l'âme, et, roi des animaux,
L'homme voit ses sujets devenir ses égaux.
Ce monstre toutefois n'a point un air farouche;
Toujours l'humanité respire sur sa bouche,
D'abord, des nations réformateur discret,
Il semoit ses écrits à l'ombre du secret,
Errant, proscrit partout, mais souple en sa disgrâce;
Bientôt, le sceptre en main, gouvernant le Parnasse,
Ce tyran des beaux-arts, nouveau dieu des mortels,
De leurs dieux diffamés usurpa les autels;
Et lorsque abandonnée à cette idolâtrie,
La France qu'il corrompt touche à la barbarie,
Flatteur d'un siècle impur, son parti suborneur
Nous a fermé les yeux sur notre déshonneur.
    « Quoi ! votre muse en monstre érige la sagesse !
Vous blâmez ses enfants, et leur crédit vous blesse !
Je soupçonne, entre nous, que vous croyez en Dieu :
N'allez point dans vos vers en consigner l'aveu;
Craignez le ridicule, et respectez vos maîtres.
Croire en Dieu fut un tort permis à nos ancêtres;
Mais dans notre âge ! Allons, il faut vous corriger.
Éclairez-vous, jeune homme, au lieu de nous juger;
Pensez; à votre Dieu laissez venger sa cause :
Si vous saviez penser, vous feriez quelque chose.
Surtout point de satire; oh ! c'est un genre affreux !
Eh ! qui put vous apprendre, écolier ténébreux,
Que des mœurs parmi nous la perte étoit certaine,
Que les beaux-arts couroient vers leur chute prochaine?

Partout, même en Russie, on vante nos auteurs.
Comme l'humanité règne dans tous les cœurs !
Vous ne lisez donc pas le Mercure de France ?
Il cite au moins par mois un trait de biènfaisance. »
    Ainsi Caritidès, ce poëte penseur,
De la philosophie obligeant défenseur,
Conseille, par pitié, mon aveugle ignorance,
De nos arts, de nos mœurs garantit l'excellence;
Et, sans plus de raisons, si je réplique un mot,
Pour prouver que j'ai tort, il me déclare un sot.
    Mais de ces sages vains confondons l'imposture,
De leur règne fameux retraçons la peinture;
Et que mes vers, enfants d'une noble candeur,
Éclairent les Français sur leur fausse grandeur.
    Eh ! quel temps fut jamais en vices plus fertile ?
Quel siècle d'ignorance en beaux faits plus stérile,
Que cet âge nommé siècle de la raison ?
Toute une populace, en style de sermon,
De longs écrits moraux nous ennuie avec zèle;
Et l'on prêche les mœurs jusque dans la Pucelle.
Je le sais; mais, ami, nos modestes aïeux
Parloient moins des vertus et les cultivoient mieux.
Quels demi-dieux enfin nos jours ont-ils vus naître?
Ces Français si vantés, peux-tu les reconnaître ?
Jadis peuple-héros, peuple-femme en nos jours,
La vertu qu'ils avoient n'est plus qu'en leurs discours.
    Suis les pas de nos grands : énervés de mollesse,
Ils se traînent à peine, en leur vieille jeunesse,
Courbés avant le temps, consumés de langueur,
Enfants efféminés de pères sans vigueur;
Et cependant, nourris des leçons de nos sages,

Vous les voyez encore, amoureux et volages,
Chercher, la bourse en main, de beautés en beautés,
La mort qui les attend au sein des voluptés ;
De leurs biens, prodigués pour d'infâmes caprices,
Enrichir nos Phrynés, dont ils gagent les vices ;
Tandis que l'honnête homme, à leur porte oublié,
N'en peut même obtenir une avare pitié.
Demi-dieux avortés, qui, par droit de naissance,
Dans les camps, à la cour, règnent en espérance,
Que d'exploits leurs talents semblent nous présager !
Ceux-ci font avec art courir ce char léger
Que roule un seul coursier sur une double roue ;
Ceux-là, sur un théâtre où leur mémoire échoue,
Savent, non sans honneur, se jouer dans ces vers
Où Molière prophète exprima leurs travers ;
Par d'autres, avec gloire, une paume lancée
Va, revient, tour à tour poussée et repoussée :
Sans doute c'est ainsi que Turenne et Villars
S'instruisoient dans la paix aux triomphes de Mars.

La plupart, indigents au milieu des richesses,
Achètent l'abondance à force de bassesses.
Souvent à pleines mains d'Orval sème l'argent ;
Parfois, faute de fonds, monseigneur est marchand [1].

---

1. Après ce vers, on lisoit dans la première édition les quatre suivants :

> Et l'élégant Médor, pour éteindre ses dettes,
> Met sa jeune tendresse aux gages des coquettes ;
> D'Orimond, pour suffire aux frais de son amour,
> Adjuge au plus offrant les faveurs de la cour.

L'auteur, en retranchant ces vers, en a employé les idées dans les portraits suivants d'Arcas et d'Iphis.

Que dirai-je d'Arcas, quand sa tête blanchie,
En tremblant, sur son sein se penche appesantie ;
Quand son corps, vainement de parfums inondé,
Trahit les maux secrets dont il est obsédé ?
Scandalisant Paris de ses vieilles tendresses,
Arcas, sultan goutteux, veut avoir vingt maîtresses ;
Mais, en fripon titré, pour payer leurs appas,
Arcas vend au public le crédit qu'il n'a pas.
Digne fils d'un tel père, Iphis, chargé de dettes,
Met ses jeunes amours aux gages des coquettes :
Plus philosophe encor, Lisimond ruiné
Épouse un riche opprobre en épousant Phryné.

Qui blâmeroit ces nœuds ? L'hymen n'est qu'une mode,
Un lien de fortune, un veuvage commode,
Où chaque époux, brûlé d'adultères désirs,
Vit, sous le même nom, libre dans ses plaisirs.

Vois-tu parmi ces grands leurs compagnes hardies
Imiter leurs excès, par eux-même applaudies,
Dans un corps délicat porter un cœur d'airain,
Opposer au mépris un front toujours serein ;
Et de l'homme en public affectant l'assurance,
Sous leur casque de plume étaler l'impudence ?

Assise dans ce cirque où viennent tous les rangs
Souvent bâiller en loge, à des prix différents,
Cloris n'est que parée, et Cloris se croit belle.
En vêtements légers l'or s'est changé pour elle :
Son front luit, étoilé de mille diamants ;
Et mille autres encore, effrontés ornements,
Serpentent sur son sein, pendent à ses oreilles :
Les arts, pour l'embellir, ont uni leurs merveilles :
Vingt familles enfin couleroient d'heureux jours,

2

Riches des seuls trésors perdus pour ses atours.
Malgré cet appareil d'un luxe héréditaire,
Cloris, on le prétend, se montre populaire ;
Oui, déposant l'orgueil de ses douze quartiers
Madame en ses amours déroge volontiers :
Indulgente beauté, Zélis la justifie ;
Zélis qui, par bon ton, à la philosophie
Joint tous les goûts divers, tous les amusements ;
Rit avec nos penseurs, pense avec ses amants ;
Enfant sophiste, au fond coquette pédagogue,
Qui gouverne la mode, à son gré met en vogue
Nos petits vers lâchés par gros in-octavo,
Ou ces drames pleureurs qu'on joue incognito ;
Protége l'univers, et, rompue aux affaires,
Fournit vingt financiers d'importants secrétaires ;
Lit tout, et même sait par nos auteurs moraux
Qu'il n'est certainement un Dieu que pour les sots.
    Parlerai-je d'Iris ? chacun la prône et l'aime ;
C'est un cœur, mais un cœur... c'est l'humanité même.
Si d'un pied étourdi quelque jeune éventé
Frappe, en courant, son chien qui jappe épouvanté,
La voilà qui se meurt de tendresse et d'alarmes ;
Un papillon souffrant lui fait verser des larmes :
Il est vrai ; mais aussi qu'à la mort condamné[1],
Lalli soit en spectacle à l'échafaud traîné,
Elle ira la première à cette horrible fête
Acheter le plaisir de voir tomber sa tête.

1. Le lieutenant général comte de Lalli, gouverneur de Pondichéri, après la capitulation de cette place, fut accusé d'avoir trahi les intérêts du roi dans son commandement, et en 1766 le parlement de Paris le condamna à être décapité.

Tu frémis à l'aspect de ce dernier tableau;
Moi-même avec horreur je reprends le pinceau.

Dois-je encor te montrer nos duchesses fameuses
Tantôt d'un histrion amantes scandaleuses,
Fières de ses soupirs obtenus à grand prix,
Elles-même aux railleurs dénonçant leurs maris,
Tantôt, pour égayer leurs courses solitaires,
Imitant noblement ces grâces mercenaires
Qui, par couples nombreux, sur le déclin du jour,
Vont aux lieux fréquentés colporter leur amour;
Contents d'un héritier, comme eux frêle et sans force,
Les époux, très amis, vivant dans le divorce;
Vainqueurs des préjugés, les pères bienfaisants
Du sérail de leurs fils ennuques complaisants;
De nouvelles Saphos, dans le crime affermies,
Maris de nos beautés, sous le titre d'amies,
Et de galants marquis, philosophes parfaits,
En petite Gomorrhe érigeant leurs palais?

Mais la corruption, à son comble portée,
Dans ces riches hôtels ne s'est point arrêtée;
Le peuple imitateur suit l'exemple des grands,
Et les mêmes travers diffament tous les rangs.

Vois ce marchand flétri, philosophe en boutique,
Qui, déclarant trois fois sa ruine authentique,
Trois fois s'est enrichi d'un heureux déshonneur,
Trancher du financier, jouer le grand seigneur.
Monsieur, pour ses amis, entretient une actrice;
Madame, des beaux-arts bourgeoise protectrice,
En couvent d'esprits forts transforme sa maison,
Et fait de son comptoir un bureau de raison.
Partout s'offre l'orgueil, et le luxe, et l'audace.

Orgon, à prix d'argent, veut anoblir sa race :
Devenu magistrat de mince roturier,
Pour être un jour baron, il se fait usurier.
Jadis son clerc Mondor envioit son partage;
Tout à coup, des bureaux secouant l'esclavage,
Il loge sa mollesse en un riche palais,
Et derrière un char d'or promenant trois valets,
Sous six chevaux pareils ébranle au loin la rue.
Mais sa fortune, ami, comment l'a-t-il accrue?
Il a vendu sa femme; et ce couple abhorré,
Enveloppé d'opprobre, est pourtant honoré.
Eh! quel frein contiendroit un vulgaire indocile
Qui sait, grâce aux docteurs du moderne évangile,
Qu'en vain le pauvre espère en un Dieu qui n'est pas,
Que l'homme tout entier est promis au trépas?
Chacun veut de la vie embellir le passage;
L'homme le plus heureux est aussi le plus sage;
Et, depuis le vieillard qui touche à son tombeau,
Jusqu'au jeune homme à peine échappé du berceau,
A la ville, à la cour, au sein de l'opulence,
Sous les affreux lambeaux de l'obscure indigence,
La Débauche, au teint pâle, aux regards effrontés,
Enflamme tous les cœurs vers le crime emportés.
C'est en vain que, fidèle à sa vertu première,
Louis instruit aux mœurs la monarchie entière :
La monarchie entière est en proie aux Laïs;
Leurs vices sont les dieux qu'adore mon pays;
Et la religion, mère désespérée,
Par ses propres enfants sans cesse déchirée,
Dans ses temples déserts pleurant leurs attentats,
Le pardon sur la bouche, en vain leur tend les bras;

Son culte est avili, ses lois sont profanées.
Dans un cercle brillant de nymphes fortunées,
Entends ce jeune abbé : sophiste bel esprit,
Monsieur fait le procès au Dieu qui le nourrit;
Monsieur trouve plaisants les feux du purgatoire,
Et, pour mieux amuser son galant auditoire,
Mêle aux tendres propos ses blasphèmes charmants,
Lui prêche de l'amour les doux égarements,
Traite la piété d'aveugle fanatisme,
Et donne, en se jouant, des leçons d'athéisme.
  Voilà donc, cher ami, cet âge si vanté,
Ce siècle heureux des mœurs et de l'humanité :
A peine des vertus l'apparence nous reste.
Mais, détournant les yeux d'un tableau si funeste,
Éclairés par le goût, envisageons les arts.
Quel désordre nouveau se montre à nos regards!
De nos pères fameux les ombres insultées;
Comme un joug importun, les règles rejetées;
Les genres opposés bizarrement unis;
La nature, le vrai, de nos livres bannis;
Un désir forcené d'inventer et d'instruire;
D'ignorants écrivains, jamais las de produire;
Des brigues, des partis l'un à l'autre odieux :
Le Parnasse idolâtre adorant de faux dieux :
Tout me dit que des arts la splendeur est ternie.
  Fille de la Peinture, et sœur de l'Harmonie,
Jadis la Poésie, en ses pompeux accords,
Osant même au néant prêter une âme, un corps,
Égayoit la raison de riantes images;
Cachoit de la vertu les préceptes sauvages
Sous le voile enchanteur d'aimables fictions;

Audacieuse et sage en ses expressions,
Pour cadencer un vers qui dans l'âme s'imprime,
Sans appauvrir l'idée, enrichissoit la rime ;
S'ouvroit par notre oreille un chemin vers nos cœurs,
Et nous divertissoit, pour nous rendre meilleurs.
Maudit soit à jamais le pointilleux sophiste
Qui le premier nous dit en prose d'algébriste :
Vains rimeurs, écoutez mes ordres absolus ;
Pour plaire à ma raison, pensez, ne peignez plus.
Dès lors la poésie a vu sa décadence ;
Infidèle à la rime, au sens, à la cadence,
Le compas à la main, elle va dissertant ;
Apollon sans pinceaux n'est plus qu'un lourd pédant.
C'étoit peu que, changée en bizarre furie,
Melpomène étalât sur la scène flétrie
Des romans fort touchants, car à peine l'auteur
Pour emporter les morts laisse vivre un acteur ;
Que, soigneux d'évoquer des revenants affables,
Prodigue de combats, de marches admirables,
Tout poëte moderne, avec pompe assommant,
Fît d'une tragédie un opéra charmant :
La muse de Sophocle, en robe doctorale,
Sur des tréteaux sanglants professe la morale.
Là, souvent un sauvage, orateur apprêté,
Aussi bien qu'Arouet, parle d'humanité ;
Là, des Turcs amoureux, soupirant des maximes,
Débitent galamment Sénèque mis en rimes ;
Alzire au désespoir, mais pleine de raison,
En invoquant la mort, commente le Phédon ;
Pour expirer en forme, un roi, par bienséance,
Doit exhaler son âme avec une sentence ;

Et chaque personnage au théâtre produit,
Héros toujours soufflé par l'auteur qui le suit,
Fût-il Scythe ou Chinois, dans un traité sans titre,
Interroge par signe, ou répond par chapitre.
Thalie a de sa sœur partagé les revers :
Peindre les mœurs du temps est l'objet de ses vers ;
Mais, lasse d'un emploi que le goût lui confie,
Apôtre larmoyant de la philosophie,
Elle fuit la gaîté qui doit suivre ses pas,
Et d'un masque tragique enlaidit ses appas.
Tantôt c'est un rimeur, dont la muse étourdie,
Dans un conte ennobli du nom de comédie,
Passe, en dépit du goût, du touchant au bouffon,
Et marie une farce avec un long sermon ;
Tantôt un possédé, dont le démon terrible
Pleure éternellement dans un drame risible.
Que dis-je? oser blâmer un drame, un drame enfin !
La comédie est belle, et le drame est divin.
Pour moi, j'y goûte fort, car j'aime la nature,
Ces héros villageois, beaux esprits sous la bure ;
Et j'approuve l'auteur de ces drames diserts,
Qui ne s'abaisse point jusqu'à parler en vers :
Un vers coûte à polir, et le travail nous pèse ;
Mais en prose du moins on est sot à son aise[1].
Partout le même ton ; chaque muse en ses chants,
Aux dépens du vrai goût, fait la guerre aux méchants :
Le plus lourd chansonnier de l'Opéra-Comique
Prête à son Apollon un air philosophique,

1. Ce fut Diderot qui le premier proposa le drame en prose.
Vinrent ensuite Beaumarchais et Mercier le dramaturge.

Et des vers sont charmants, pourvu qu'ils soient moraux.

Mais, de la poésie usurpant les pinceaux,
L'éloquence aujourd'hui, prodigue en métaphores,
Avec un air penseur enfle des riens sonores.
Que d'orateurs guindés, dans un discours savant,
Se tourmentent sans fin pour enfanter du vent !
Dans un livre où Thomas rêve, comme en extase[1],
Je cherche un peu de sens et vois beaucoup d'emphase.
Un plaisant, des dévots Zoïle envenimé,
Qui nous vend par essais le mensonge imprimé[2],
Des oppresseurs fameux développant les trames,
Met, pour mieux l'ennoblir, l'histoire en épigrammes.
Chaque genre varie au gré des écrivains,
Et ne connoit de lois que leurs caprices vains.

Sans doute le respect des antiques modèles
Eût au vrai ramené les muses infidèles ;
Eux seuls de la nature imitateurs constants,
Toujours lus avec fruit, sont beaux dans tous les temps ;
Heureux qui, jeune encore, a senti leur mérite !
Même en les surpassant, il faut qu'on les imite :
Mais les sages du jour, ou de fiers novateurs,
De leur goût dépravé partisans corrupteurs,
Ne pouvant les atteindre, ont dégradé leurs maîtres ;
Et flatteurs des pédants flétris par nos ancêtres,
O de la sympathie inévitable effet !
Ils vengent les Cotins des affronts du sifflet.

Voltaire en soit loué ! chacun sait au Parnasse

---

1. Ici Gilbert fait allusion à l'*Essai sur le caractère, les mœurs et l'esprit des femmes*, qui parut en 1772.
2. L'*Essai sur les mœurs des nations*, par Voltaire.

Que Malherbe est un sot, et Quinault un Horace;
Dans un long commentaire il prouve longuement
Que Corneille parfois pourroit plaire un moment.
J'ai vu l'enfant gâté de nos penseurs sublimes,
La Harpe, dans Rousseau trouver de belles rimes.
Si l'on en croit Mercier, Racine a de l'esprit;
Mais Perrault, plus profond, Diderot nous l'apprit,
Perrault, tout plat qu'il est, pétille de génie :
Il eût pu travailler à l'Encyclopédie.
Boileau, correct auteur de libelles amers,
Boileau, dit Marmontel, tourne assez bien un vers.
Et tous ces demi-dieux que l'Europe en délire
A depuis cent hivers l'indulgence de lire,
Vont dans un juste oubli retomber désormais,
Comme de vains auteurs qui ne pensent jamais.
  Quelques vengeurs pourtant, armés d'un noble zèle,
Ont de ces morts fameux épousé la querelle :
De là, sur l'Hélicon deux partis opposés
Régnent, et, l'un par l'autre à l'envi déprisés,
Tour à tour s'adressant des volumes d'injures,
Pour le trône des arts combattent par brochures.
Mais, plus forts par le nombre et vantés en tous lieux,
Les corrupteurs du goût en paroissent les dieux :
Si Clément les proscrit, La Harpe les protégé[1] :

1. Clément de Dijon et La Harpe vécurent longtemps en
ennemis déclarés : l'un faisant avec Fréron et quelques autres
critiques une guerre implacable au parti philosophique ; l'autre
combattant dans les rangs plus nombreux des philosophes.
Les vives disputes qui éclatèrent entre eux sont oubliées aujourd'hui ; et nous dirons seulement que les deux antagonistes
finirent par s'embrasser publiquement.

Eux seuls peuvent prétendre au rare privilége.
D'aller au Louvre, en corps, commenter l'alphabet;
Grammairiens-jurés, immortels par brevet :
Honneurs, richesse, emplois, ils ont tout en partage,
Hors la saine raison, que leur bonheur outrage;
Et le public esclave obéit à leurs lois.
Mille cercles savants s'assemblent à leur voix :
C'est dans ces tribunaux galants et domestiques,
Que parmi vingt beautés, bourgeoises empiriques,
Distribuant la gloire et pesant les écrits,
Ces fiers inquisiteurs jugent les beaux esprits.
O malheureux l'auteur dont la plume élégante
Se montre encor du goût sage et fidèle amante;
Qui, rempli d'une noble et constante fierté,
Dédaigne un nom fameux par l'intrigue acheté,
Et, n'ayant pour prôneurs que ses muets ouvrages,
Veut par ses talents seuls enlever les suffrages !
La faim mit au tombeau Malfilâtre ignoré;
S'il n'eût été qu'un sot, il auroit prospéré,
Trop fortuné celui qui peut avec adresse
Flatter tous les partis que gagne sa souplesse;
De peur d'être blâmé, ne blâme jamais rien;
Dit Voltaire un Virgile, et même un peu chrétien;
Et toujours en l'honneur des tyrans du Parnasse
De madrigaux en prose allonge une préface !
Mais trois fois plus heureux le jeune homme prudent
Qui, de ces novateurs enthousiaste ardent,
Abjure la raison, pour eux la sacrifie;
Soldat sous les drapeaux de la philosophie !
D'abord, comme un prodige, on le prône partout :
Il nous vante ! en effet c'est un homme de goût :

Son chef-d'œuvre est toujours l'écrit qui doit éclore;
On récite déja les vers qu'il fait encore.
Qu'il est beau de le voir, de dînés en dînés,
Officieux lecteur de ses vers nouveau-nés,
Promener chez les grands sa muse bien nourrie !
Paroît-il, on l'embrasse; il parle, on se récrie :
Fût-il un Durosoy, tout Paris l'applaudit;
C'est un auteur divin, car nos dames l'ont dit.
La marquise, le duc, pour lui tout est libraire;
De riches pensions on l'accable; et Voltaire
Du titre de génie a soin de l'honorer
Par lettres, qu'au Mercure il fait enregistrer.

Ainsi, de nos tyrans la ligue protectrice
D'une gloire précoce enfle un rimeur novice :
L'auteur le plus fécond, sans leur appui vanté,
Travaille dans l'oubli pour la postérité;
Mais par eux, sans rien faire, un pédant nous impose;
Turpin n'est que Turpin, Suard est quelque chose.
O combien d'écrivains languiroient inconnus,
Qui, du Pinde français illustres parvenus,
En servant ce parti, conquirent nos hommages !
L'encens de tout un peuple enfume leurs images :
Eux-même, avec candeur se disant immortels,
De leurs mains tour à tour se dressent des autels.
Sous peine d'être un sot, nul plaisant téméraire
Ne rit de nos amis, et surtout de Voltaire.
On auroit beau montrer ses vers tournés sans art,
D'une moitié de rime habillés au hasard,
Seuls, et jetés par ligne exactement pareille,
De leur chute uniforme importunant l'oreille,
Ou, bouffis de grands mots qui se choquent entre eux,

L'un sur l'autre appuyés, se traînant deux à deux ;
Et sa prose frivole, en pointes aiguisée,
Pour braver l'harmonie, incessamment brisée :
Sa prose, sans mentir, et ses vers sont parfaits ;
Le Mercure trente ans l'a juré par extraits :
Qui pourroit en douter ? Moi. Cependant j'avoue
Que d'un rare savoir à bon droit on le loue ;
Que ses chefs-d'œuvre faux, trompeuses nouveautés,
Étonnent quelquefois par d'antiques beautés ;
Que par ses défauts même il sait encor séduire :
Talent qui peut absoudre un siècle qui l'admire.
Mais qu'on m'ose prôner des sophistes pesants,
Apostats effrontés du goût et du bon sens :
Saint-Lambert, noble auteur dont la muse pédante
Fait des vers fort vantés par Voltaire qu'il vante [1] ;
Qui du nom de poëme ornant de plats sermons,
En quatre points mortels a rimé les saisons ;
Et ce vain Beaumarchais qui, trois fois avec gloire [2],
Mit le mémoire en drame et le drame en mémoire ;
Et ce lourd Diderot, docteur en style dur,
Qui passe pour sublime, à force d'être obscur ;
Et ce froid d'Alembert, chancelier du Parnasse,

1. Dans son poëme des *Saisons* le marquis de Saint-Lambert proclama Voltaire

Vainqueur des deux rivaux qui régnoient sur la scène.

2. On sait qu'en 1773 et 1774 Beaumarchais publia, dans son procès contre le conseiller de Goëzmann, non pas trois, mais quatre mémoires, qui sont tout à la fois une plaidoirie forte de raisonnement, une satire très fine, une comédie pleine d'intérêt.

Qui se croit un grand homme et fit une préface ;
Et tant d'autres encor dont le public épris
Connoît beaucoup les noms et fort peu les écrits ;
Alors, certes, alors ma colère s'allume,
Et la vérité court se placer sous ma plume.

Ah ! du moins, par pitié, s'ils cessoient d'imprimer,
Dans le secret, contents de proser, de rimer ;
Mais, de l'humanité maudits missionnaires,
Pour leurs tristes lecteurs ces prêcheurs n'en ont guères.
La Harpe est-il bien mort ? Tremblons ; de son tombeau
On dit qu'il sort, armé d'un Gustave nouveau :
Thomas est en travail d'un gros poëme épique[1] ;
Marmontel enjolive un roman poétique ;
Et même Durosoy, fameux par des chansons,
Met l'Histoire de France en opéras-bouffons :
Tant d'écrits sont forgés par ces auteurs manœuvres,
Qu'aucun n'est riche assez pour acheter ses œuvres.

Pour moi, qui, démasquant nos sages dangereux,
Peignis de leurs erreurs les effets désastreux,
L'athéisme en crédit, la licence honorée,
Et le lévite enfin brisant l'arche sacrée ;
Qui retraçai des arts les malheurs éclatants,
Les brigues, le pouvoir des novateurs du temps,
Et leur fureur d'écrire, et leur honteuse gloire,
Et de mon siècle entier la déplorable histoire ;
Sans rien craindre, je parle avec sincérité ;
Je chéris mon repos moins que la vérité.

---

1. *La Pétréide,* poëme épique en l'honneur de Pierre le
Grand. L'auteur mourut en 1785, avec le regret d'avoir seulement ébauché ce poëme.

Oh ! si ces foibles vers, satire de notre âge,
Que Beaumont de malice absout par son suffrage[1],
Obtiennent de mon roi les regards protecteurs,
Sa vertu cessera de haïr les flatteurs
Avant que par l'effroi ma muse désarmée
Pardonne aux novateurs leur folle renommée :
Que leurs noms soient placés parmi les noms flétris ;
Je veux qu'on les méprise autant que leurs écrits.

1. Christophe de Beaumont, archevêque de Paris.

SATIRE II[1]

MON APOLOGIE

PSAPHON, philosophe du jour. — GILBERT, poète dramatique.

La scène est dans un bosquet, près de Paris [2].

PSAPHON, à part.

L E voilà! c'est ce monstre! Oui, son œil le décèle.
Sans doute en ce bosquet il médite un libelle.
J'en ai pitié.

1. Elle parut au mois d'avril de 1778 et eut dans l'espace
de six semaines jusqu'à quatre éditions. Les trois premières
diffèrent très peu entre elles; mais la dernière se distingue
par des corrections précieuses. — Dans cette seconde satire,
Gilbert s'attache à justifier ce genre de poésie en général, et
son premier essai en particulier; ce qui amène de nouveaux
tableaux des vices du siècle et de nouveaux traits satiriques
contre les auteurs contemporains.

2. Gilbert n'avoit pas d'abord marqué le lieu de la scène.
Ce fut Fréron le fils qui lui fit apercevoir cette omission, en
ajoutant toutefois qu'il seroit ridicule d'exiger dans un simple

GILBERT, à part.

Je bâille, et je ne sais pourquoi :
Quelque mauvais auteur seroit-il près de moi ?

PSAPHON, à part.

Parlons-lui...

GILBERT, à part.

C'est Psaphon ! c'est lui-même ! il s'avance :
L'ennui qui m'environne annonçoit sa présence.
Où fuir ? de ses discours comment me garantir ?

PSAPHON.

Jeune homme ! écoutez-moi ; je veux vous convertir.

GILBERT.

S'il faut vous écouter, j'aime encor mieux vous lire.
Vous me calomniez, et blâmez la satire ?
Vous êtes philosophe ?.

PSAPHON.

Oui, j'en fais vanité,
Et mes écrits moraux prouvent ma probité.
Fameux par ses talents que la Russie honore,
Psaphon par ses vertus est plus célèbre encore ;
Je ne me flatte point ; mais vous, dont les clameurs
D'un nouvel âge d'or osent noircir les mœurs,

dialogue un assujettissement scrupuleux aux règles théâtrales.
Mais Gilbert ne négligeoit rien pour perfectionner son travail.

Et qui, des vrais talents déchirant la couronne,
Diffamez des auteurs qui n'offensent personne ;
De la religion soldat déshonoré,
Vous qui croyez en Dieu dans un siècle éclairé,
Gilbert, de votre cœur savez-vous ce qu'on pense ?
Hypocrite, jaloux, cuirassé d'impudence,
C'est ainsi qu'on vous peint ; votre méchanceté
Donna seule à vos vers quelque célébrité,
Et l'oubli cacheroit votre muse hardie
Si vous n'aviez médit de l'Encyclopédie.
Encor si, démasquant les prêtres, les dévots,
Vous lanciez contre Dieu quelqu'un de nos bons mots,
Peut-être on vous pourroit pardonner la satire :
Lorsqu'on médit de Dieu, sans crime on peut médire.
Mais toujours critiquer en vers pieux et froids,
Sans daigner seulement endoctriner les rois,
Sans qu'une fois au moins votre muse en extase
Du mot de tolérance attendrisse une phrase ;
Blasphémer la vertu des sages de Paris ;
De la chute des mœurs accuser leurs écrits ;
Tant de fiel corrompt-il un cœur si jeune encore
Infortuné censeur, qu'un peu d'esprit décore
Que vous a donc produit votre goût si tranchant ?
Vous payez cher l'honneur de passer pour méchant.
A-t-on vu votre muse, à la cour présentée,
Pour décrier les rois, du roi même rentée ?
Peut-on citer un duc qui soit de vos amis ?
Parmi vos protecteurs comptez-vous un commis ?
Vend-on votre portrait ? Quel corps académique
Vous a pensionné d'un prix périodique ?
Des quarante immortels journaliste adoptif,

Êtes-vous du fauteuil héritier présomptif?
Quelle bourgeoise enfin, quelle actrice opulente,
De la cour des neuf sœurs tapissière obligeante,
De ses présents discrets meubla votre Hélicon,
Et vint avec respect visiter votre nom ?
Tout le monde vous fuit; votre ami, dans la rue,
N'osant vous reconnoître, à peine vous salue.
Jamais à vous chanter un poète empressé
De petits vers flatteurs ne vous a caressé ;
Et jamais, comme nous, en bonne compagnie,
On ne voit chez les grands souper votre génie.
Dans nos doctes cafés par hasard entrez-vous[1],
L'un vous montre du doigt, l'autre sort en courroux ;
Chacun, vous dénonçant à la haine publique,
Se dit : Fuyez cet homme, il mord, c'est un critique.
Mais, de tant de mépris méchamment consolé,
Vous sifflez l'univers dont vous êtes sifflé.
Croyez-moi : laissez-nous vivre et penser tranquilles ;
Sur d'utiles sujets rimez des vers utiles,
Chantez les douze mois[2], prêchez sur les saisons[3] ;
Égayez la morale en opéras-bouffons[4] ;
Que vos nobles talents s'élèvent jusqu'aux drames,
Et sur l'agriculture attendrissent nos dames.
Votre jeune Apollon, qui n'a point réussi,
Dans la satire encor ne peut être endurci ;

1. Les cafés Procope et de la Régence.
2. Allusion au poëme des *Mois*, par Roucher.
3. Allusion au poëme des *Saisons*, dont il est déjà question dans la Satire du xviiie siècle.
4. Allusion aux comédies ou opéras-comiques de Marmontel.

Un jour vous pleurerez d'avoir trop osé rire :
Cessez de critiquer...

GILBERT.

Eh ! cessez donc d'écrire.
Tant qu'une légion de pédants novateurs
Imprimera l'ennui, pour le vendre aux lecteurs,
Et par *in-octavo* publiera l'athéisme,
Fanatiques criant contre le fanatisme.;
Dussent tous les commis, à vos muses si chers,
De leur protection déshériter mes vers ;
Quand même des catins la colère unanime
M'ôteroit à jamais l'honneur de leur estime,
Et qu'enfin mon courage auroit plus de censeurs
Que les sages du temps n'ont de sots défenseurs ;
Appelez-moi jaloux, froid rimeur, hypocrite ;
Donnez-moi tous les noms qu'un sophiste mérite ;
Je veux, de vos pareils ennemi sans retour,
Fouetter d'un vers sanglant ces grands hommes d'un jour.
Philosophe, excusez ma candeur insolente ;
Je crois, plus je vous lis, la satire innocente
Quoiqu'on blâme le vice, on peut avoir des mœurs,
Et l'on n'est point·méchant pour berner des auteurs.
Auriez-vous seuls le droit de critiquer sans crime ?
Vous vantez l'écrivain dont l'audace anonyme,
Interrogeant les rois, sur leur trône insultés,
Leur dit obscurément de lâches vérités ;
Et vous osez noircir celui dont la franchise
D'un parti de pédants démasque la sottise,
Qui d'un style d'airain flétrit ces corrupteurs,
Et signe hardiment ses vers accusateurs !

Eh ! quel autre intérêt peut dicter ses censures,
Qu'un généreux désir de voir les mœurs plus pures
Refleurir sur nos bords de vertus dépeuplés,
Et nos froids écrivains, au bon goût rappelés,
Orner d'un style heureux une saine morale,
De leurs partis rivaux étouffer le scandale,
Et, l'un de l'autre amis, noblement s'occuper
De mériter la gloire, et non de l'usurper ?
Parlez ; au bien public s'immolant par malice,
Vengeroit-il le goût, proscriroit-il le vice,
Pour l'étrange plaisir de perdre son repos,
D'être gratifié de la haine des sots,
Doté sur vos journaux d'une rente d'injures,
Ou clandestinement diffamé par brochures ?
Non ; s'il fait dans ses vers parler la vérité,
C'est qu'au fond de son cœur sa franche probité
Ne sait point retenir la haine vertueuse
Que porte au vice heureux l'équité courageuse,
Et cette impatience et ce loyal mépris
Que tout mauvais auteur inspire aux bons esprits.
A la satire enfin quel poëte fidèle,
Vengeur de la vertu, n'en fut pas le modèle ?
Perse, qui vécut chaste, en mérita le nom.
Rappelez-vous Condé, Colbert, et Lamoignon,
Et toute cette cour de héros ou de sages
Que Boileau pour amis obtint par ses ouvrages :
Interrogez leur cendre ; et, du fond des tombeaux,
Leur cendre véridique, honorant Despréaux,
Justifiera son art que vous osez proscrire,
Et ses mœurs, de son siècle éternelle satire.
Disciple, jeune encor, de ces maîtres fameux,

Sans gloire, et cependant calomnié comme eux;
Je pourrois au mensonge opposer pour défense
L'estime de Crillon[1], ma vie, et le silence;
Mais je veux vous confondre, et voici mes forfaits :
Ma muse, je l'avoue, amante des hauts faits,
Pour rappeler mon siècle au culte de la gloire,
De sa honte effrontée osa tracer l'histoire.
O douleur, ai-je dit, ô siècle malheureux !
D'une morale impie ô règne désastreux !
Le crime est sans pudeur, l'équité sans courage,
Et c'est de la vertu qu'on rougit dans notre âge.
Visitons nos cités : hélas ! que voyons-nous
Qui de l'homme de bien n'allume le courroux?
L'athéisme, en déserts convertissant nos temples;
Des forfaits dont l'histoire ignoroit les exemples;
De célèbres procès, où vaincus et vainqueurs
Prouvent également la honte de leurs mœurs ;
Tous les rangs confondus et disputant de vices;
Le silence des lois, du scandale complices.
Peindrai-je ces vauxhalls, dans Paris protégés,
Ces marchés de débauche, en spectacle érigés,
Où des beautés du jour la nation galante,
Des sottises des grands à l'envi rayonnante,
Promenant ses appas, par la vogue enchéris,
Vient, en corps, afficher des crimes à tout prix ;
Où parmi nos sultans la mère va répandre
Sa fille vierge encor, qu'elle instruit à se vendre,

1. M. l'abbé de Crillon, frère de M. le duc de Crillon Mahon, dont le suffrage et les bienfaits ne cessèrent d'encourager le talent poétique de Gilbert.

Jeune espoir des plaisirs d'un riche suborneur,
Qui cultive à grands frais son futur déshonneur?
Partout scandalisée et partout méconnue,
La pudeur ne sait plus où reposer sa vue;
Et l'opprobre, et le vice, et leur prospérité,
Blessent de toutes parts sa chaste pauvreté.
La fille d'un valet, dont l'honnête misère
Fut séduite aux appas du crime qu'on tolère,
Par un grand dérobée aux soupirs des laquais,
Longtemps obscurs fermiers de ses obscurs attraits,
Possède ces hôtels dont la pompe arrogante
Reproche à la vertu sa retraite indigente :
Bientôt, par la fortune échappant au mépris,
On verra sa beauté, fameuse dans Paris,
Au sein de Paris même, encor plein de sa honte,
Épouser les aïeux d'un marquis ou d'un comte,
Armorier son char de glaives, de drapeaux,
Et se masquer d'un nom porté par des héros.
Et n'imaginez pas que sa richesse immense
Ait de son fol amant dévoré l'opulence;
Qu'il soit, pour expier sa prodigalité,
Réduit à devenir dévot par pauvreté :
L'état volé paya ses amours printanières,
L'état jusqu'à sa mort paiera ses adultères.
Tous les jours dans Paris, en habit du matin,
Monsieur promène à pied son ennui libertin.
Sous ce modeste habit déguisant sa naissance,
Penthièvre quelquefois visite l'indigence,
Et, de trésors pieux dépouillant son palais,
Porte à la veuve en pleurs de pudiques bienfaits :
Mais ce voluptueux, à ses vices fidèle,

Cherche pour chaque jour une amante nouvelle.
La fille d'un bourgeois a frappé sa grandeur;
Il jette le mouchoir à sa jeune pudeur :
Volez, et que cet or, de mes feux interprète,
Coure avec ces bijoux marchander sa défaite;
Qu'on la séduise. Il dit : ses eunuques discrets,
Philosophes abbés, philosophes valets,
Intriguent, sèment l'or, trompent les yeux d'un père;
Elle cède, on l'enlève : en vain gémit sa mère;
Échue à l'Opéra par un rapt solennel,
Sa honte la dérobe au pouvoir paternel.
Cependant une vierge aussi sage que belle
Un jour à ce sultan se montra plus rebelle;
Tout l'art des corrupteurs auprès d'elle assidus
Avoit, pour le servir, fait des crimes perdus.
Pour son plaisir d'un soir, que tout Paris périsse!
Voilà que dans la nuit, de ses fureurs complice,
Tandis que la beauté victime de son choix
Goûte un chaste sommeil sous la garde des lois,
Il arme d'un flambeau ses mains incendiaires;
Il court, il livre au feu les toits héréditaires
Qui la voyoient braver son amour oppresseur,
Et l'emporte, mourante, en son char ravisseur.
Obscur, on l'eût flétri d'une mort légitime :
Il est puissant, les lois ont ignoré son crime.

Mais de quels attentats, nés d'infâmes amours,
N'avons-nous pas souillé l'histoire de nos jours?
Quel siècle doit rougir de plus de parricides?
Plus d'empoisonnements, de fameux homicides,
Ont-ils jamais lassé le glaive des bourreaux?
Dans toutes nos cités j'entends les tribunaux

Sans cesse retentir de rapts et d'adultères;
Je ne vois plus qu'époux rendus célibataires;
Le suicide enfin, raisonnant ses fureurs,
Atteste par le sang le désordre des mœurs.
    Tels furent mes discours; mais lorsque mon courage
A de ces vérités importuné notre âge,
Je n'étois que l'écho des hommes vertueux;
Si j'ai blâmé nos mœurs, j'en ai parlé comme eux;
Et, démenti par vous, leur voix me justifie.
Mais plus d'un grand se plaint que, divulguant sa vie,
L'audace de mon vers, des lecteurs retenu,
A flétri ses amours d'un portrait reconnu :
De quel droit se plaint-il? Ce tableau trop fidèle,
L'ai-je déshonoré du nom de son modèle?
Quand de traits différents, recueillis au hasard,
Pour corriger les mœurs je compose avec art
Un portrait fabuleux et pourtant véritable,
Si du public devin la malice équitable
S'écrie, Ah! c'est un tel, ce marquis diffamé;
Qu'il s'en accuse seul; ses vices l'ont nommé.
Suis-je donc si méchant, si coupable?

PSAPHON.

                    Oui, vous l'êtes :
Non parce que vos vers, du public interprètes
Noircissent quelques grands que nous n'estimons pas :
Immolez au mépris ces nobles scélérats;
Moi-même, ami des grands, parfois je les déprime :
Vous nommez les auteurs, et c'est là votre crime.

GILBERT.

Ah! si d'un doux encens je les eusse fêtés,

Vous me pardonneriez de les avoir cités.
Quoi donc ! un écrivain veut que son nom partage
Le tribut de louange offert à son ouvrage,
Et sans crime on ne peut, s'il blesse la raison,
La venger par un vers égayé de son nom !
Comptable de l'ennui dont sa muse m'assomme,
Pourquoi s'est-il nommé, s'il ne veut qu'on le nomme ?
Je prétends soulever les lecteurs détrompés
Contre un auteur bouffi de succès usurpés ;
Sous une périphrase étouffant ma franchise,
Au lieu de d'Alembert, faut-il donc que je dise :
C'est ce joli pédant, géomètre orateur,
De l'Encyclopédie ange conservateur,
Dans l'histoire chargé d'inhumer ses confrères,
Grand homme, car il fait leurs extraits mortuaires [1] ?
Si j'évoque jamais du fond de son journal [2]
Des sophistes du temps l'adulateur banal ;
Lorsque son nom suffit pour exciter le rire,
Dois-je, au lieu de La Harpe, obscurément écrire :
C'est ce petit rimeur de tant de prix enflé,
Qui, sifflé pour ses vers, pour sa prose sifflé,
Tout meurtri des faux pas de sa muse tragique,
Tomba de chute en chute au trône académique ?
Ces détours sont d'un lâche et malin détracteur :
Je ne veux point offrir d'énigmes au lecteur.
Sitôt que l'auteur signe un écrit qui transpire,
Son nom doit partager l'éloge et la satire.

1. Allusion aux éloges des académiciens décédés, que d'A-
lembert lisait, depuis 1774, dans les séances publiques de l'A-
cadémie.

2. *Le Mercure.*

De citer un pédant pourroit-on me blâmer,
Quand lui-même il se fait l'affront de se nommer?
Aux mépris du public c'est lui seul qui se livre;
Lui seul a dû rougir d'avouer un sot livre.
Mais qui sont ces auteurs dont les noms offensés
Se virent par ma plume au sifflet dénoncés?

PSAPHON.

Qui sont-ils? des savants renommés par leurs grâces;
Des poëtes loués dans toutes les préfaces;
Des hommages du Nord dans Paris assiégés;
Craints peut-être à la cour, et pourtant protégés;
Que la Sorbonne vanté et même excommunie,
Et dont les pensions attestent le génie;
Qui, recherchés des grands, des belles désirés,
Des bourgeois amateurs sont encore admirés,
Et qu'en face d'eux-même on vit en plein théâtre,
Aux cris religieux d'un parterre idolâtre,
Portés en effigie et placés sur l'autel,
Nouveaux dieux, couronnés d'un laurier solennel.

GILBERT.

Et ce sont ces honneurs qui portent ma colère
A revêtir leurs noms d'un opprobre exemplaire:
Un critique jaloux de plaire aux bons esprits
Toujours du bien public occupe ses écrits.
Eh ! quelle utilité peut suivre la satire
Lâchement dégradée et perdue à médire
D'un troupeau d'écrivains au mépris condamnés,
Morts avant que de naître, ou qui ne sont pas nés?

Dois-je exhumer Saint-Ange[1], et mettre au jour Murville[2] ?
Dois-je ordonner le deuil de Gudin[3], de Fréville ?
Des cendres de Gaillard dois-je troubler la paix ?
Leurs écrits publiés ne parurent jamais :
Quel mal ont-ils produit ? D'une affreuse morale
Leur plume a-t-elle fait prospérer le scandale ?
Prêché par eux, le vice eût perdu ses appas :
Corrompent-ils le goût des lecteurs qu'ils n'ont pas ?
Mais ceux qu'au moins décore un masque de génie,
Qui d'ailleurs par l'intrigue, avec art réunie
A l'obscène licence, au blasphème orgueilleux,
Soutiennent leur crédit sur des succès honteux ;
Dont le nom parvenu sollicite à les lire,
Et donne à leur morale un dangereux empire :
Voilà les écrivains que le goût et les mœurs
Ordonnent d'étouffer sous les sifflets vengeurs.

PSAPHON.

Eh ! que pourroient vos cris contre leur vaste gloire ?
Soixante ans de succès défendent leur mémoire.

1. Fariot de Saint-Ange, né à Blois en 1752, mourut à
Paris en 1810 ; il n'est connu que par une *Épître à Daphné*,
où l'on avait remarqué quelques beaux vers, par des traductions
assez médiocres, et par des pièces fugitives ou des articles
littéraires peu importants.

2. Murville (P.-N. André) naquit en 1754, et débuta dans
le monde littéraire sous le nom d'André. Murville est mort
en 1814, ne laissant que des ouvrages d'un bien faible intérêt.

3. Gudin de La Brenellerie (Paul-Philippe), né en 1738, et
mort en 1812.

On se rit, croyez-moi, d'un jeune audacieux
Qui du Pinde français pense avilir les dieux.

GILBERT.

On juge, croyez-moi, les vers, et non point l'âge.
Si je suis jeune, enfin, j'en ai plus de courage.
Qu'ils tremblent ces faux dieux dans leur temple insolent;
Je l'ai juré, je veux vieillir en les sifflant.
D'ennuyer nos neveux vainement ils se flattent :
Si soixante ans de gloire en leur faveur combattent,
Je suis contre leur gloire armé de leurs écrits.
Je ne m'aveugle point; d'un sot orgueil épris,
Mon crédule Apollon sur son foible génie
N'a point fondé l'espoir de leur ignominie,
Mais sur l'autorité de ces morts immortels,
Des peuples différents flambeaux universels;
Grands hommes éprouvés, dont les vivants ouvrages
Sont autant de censeurs des livres de nos sages;
Qui, parlant par mes vers, du goût humbles soutiens,
Couvrent de leurs talents l'impuissance des miens;
Aux regards du public que ma voix désabuse
De leur antiquité semblent vieillir ma muse,
Et devant mes écrits, de leur nom appuyés,
Font taire soixante ans de succès mendiés.
Peut-être ma jeunesse, objet de vos injures,
Donne encor plus de poids à mes justes censures.
On connoît ces vieillards sur le Pinde honorés;
Politiques adroits, charlatans illustrés :
Les uns, pour assurer leur gloire viagère,
Dévouant au faux goût leur Apollon vulgaire,
De la philosophie arborent les drapeaux;

D'autres, pour ménager leur illustre repos,
Flattant tous les partis de caresses égales,
Ont juré de mentir aux deux ligues rivales ;
Et tous, par intérêt taisant la vérité,
Vendent le bien public à leur célébrité.
Le jeune homme, ignoré des partis qu'il ignore,
De leurs préventions n'est point esclave encore.
Rempli des morts fameux, ses premiers précepteurs,
C'est par leurs yeux qu'il voit, qu'il juge les auteurs ;
Son goût est aussi vrai que sa franchise est pure ;
Comme il sort de ses mains, il sent mieux la nature ;
Son libre jugement est désintéressé,
Et son vers dit toujours tout ce qu'il a pensé.
De votre honte, enfin, vos cris viennent m'instruire :
Pourquoi vous plaignez-vous, si je n'ai pu vous nuire ?

PSAPHON.

C'est toi seul que je plains, intraitable rimeur ;
Ta mère te conçut dans un accès d'humeur ;
Depuis cherchant à nuire, et nuisant à toi-même,
Tu devins satirique et méchant par système.

GILBERT.

Ne me prêchez donc plus.

PSAPHON.

Hélas ! l'humanité,
Mon frère, à vous prêcher excite ma bonté :
Voyez dans l'avenir quels regrets vous dévorent ;
Vous n'aurez point d'amis.

GILBERT.

Les ennemis honorent.

PSAPHON.

Point de prôneurs.

GILBERT.

J'aurai mes écrits pour prôneurs.

PSAPHON.

Quels seront vos appuis?

GILBERT.

Tous les amis des mœurs;
Tous ceux qui du faux goût ont rejeté l'empire;
Un roi qu'on peut louer, même dans la satire.

PSAPHON.

Qu'importe? aux pensions nous serons seuls admis;
Ayez pour vous le roi, nous aurons les commis.

GILBERT.

Sous un roi qui voit tout ils suivent la justice.
Mais soit : n'écrivez plus, et qu'on vous enrichisse :
Vous aimez la fortune, et moi la vérité :
Trop heureuse à mes yeux la douce pauvreté
D'un poëte anobli de mœurs et de courage,
Qui peut dire : Jamais de mon avare hommage
Je n'ai flatté le vice, en mes vers combattu;
J'ai perdu ma fortune à venger la vertu.
Si je vois mes travaux payés d'un peu d'estime,
Ce peu de gloire au moins est noble et légitime;

Tous mes écrits, enfants d'une chaste candeur,
N'ont jamais fait rougir le front de la pudeur ;
Ils plaisent sans blasphème et vivent sans cabales ;
Mes modestes succès ne sont point des scandales ;
Et si du temps jaloux mon nom est respecté,
Mon nom ira sans tache à la postérité.

PSAPHON.

On vous calomniera.

GILBERT.

Qui daigneroit vous croire ?

PSAPHON.

Vous serez opprimé.

GILBERT.

J'en aurai plus de gloire ;
Adieu.....

PSAPHON, poursuivant le satirique.

Vous craindrez même un tragique trépas ;
Vous ne dormirez plus.

GILBERT.

Vous n'écrirez donc pas.

ODES

ODE I

LE JUGEMENT DERNIER[1]

« QUELS biens vous ont produits vos sauvages vertus ?
Justes, vous avez dit : Dieu nous protège en père ;
Et, partout opprimés, vous rampez abattus
Sous les pieds du méchant dont l'audace prospère.

1. Cette ode fut présentée à l'Académie françoise pour le prix de poésie de 1773; mais l'Académie ne la jugea pas même digne d'une mention. Persuadé que l'aréopage littéraire avoit été injuste à son égard, notre poëte appela de sa décision au public, en imprimant sa pièce dans la même année ; mais le public ne lui fit pas un meilleur accueil. Cette double disgrâce ne découragea point Gilbert : il revit son ode avec un nouveau soin ; et, après y avoir fait de nombreux changements, qui l'améliorèrent sensiblement, il la publia de nouveau en 1776. Elle présente encore, il est vrai, une foule de défectuosités, mais il y a de très beaux vers, et quelques images éminemment lyriques.

Implorez ce Dieu défenseur ;
En faveur de ses fils qu'il arme sa vengeance :
Est-il aveugle et sourd ? est-il d'intelligence
    Avec l'impie et l'oppresseur ?

« Méchants, suspendez vos blasphèmes.
Est-ce pour le braver qu'il vous donna la voix ?
Il nous frappe, il est vrai ; mais sans juger ses lois,
Soumis, nous attendons qu'il vous frappe vous-mêmes.
    Ce soleil, témoin de nos pleurs,
Amène à pas pressés le jour de sa justice.
    Dieu nous paiera de nos douleurs ;
Dieu viendra nous venger des triomphes du vice.

« Qu'il vienne donc ce Dieu, s'il a jamais été !
Depuis que du malheur les vertus sont sujettes,
L'infortuné l'appelle et n'est point écouté :
Il dort au fond du ciel sous ses foudres muettes.
    Et c'est là ce Dieu généreux !
Et vous pouvez encore espérer qu'il s'éveille !
Allez, imitez-nous ; et tandis qu'il sommeille,
    Soyez coupables mais heureux. »

Quel bruit s'est élevé ? La trompette sonnante
    A retenti de tous côtés ;
Et, sur son char de feu, la foudre dévorante
    Parcourt les airs épouvantés.
Ces astres teints de sang, et cette horrible guerre
    Des vents échappés de leurs fers,
Hélas ! annoncent-ils aux enfants de la terre
    Le dernier jour de l'univers ?

L'Océan révolté loin de son lit s'élance,
      Et de ses flots séditieux,
      Court, en grondant, battre les cieux,
Tout prêts à le couvrir de leur ruine immense.
C'en est fait : l'Éternel, trop longtemps méprisé,
      Sort de la nuit profonde
Où, loin des yeux de l'homme, il s'étoit reposé :
Il a paru ; c'est lui ; son pied frappe le monde,
      Et le monde est brisé.

Tremblez, humains ; voici de ce juge suprême
      Le redoutable tribunal.
Ici perdent leur prix l'or et le diadème ;
      Ici l'homme à l'homme est égal ;
Ici la vérité tient ce livre terrible
      Où sont écris vos attentats ;
Et la religion, mère autrefois sensible,
S'arme d'un cœur d'airain contre ses fils ingrats.

      Sortez de la nuit éternelle,
      Rassemblez-vous, âmes des morts ;
      Et, reprenant vos mêmes corps,
Paroissez devant Dieu, c'est Dieu qui vous appelle.
      Arrachés de leur froid repos,
Les morts du sein de l'ombre avec terreur s'élancent,
Et près de l'Éternel en désordre s'avancent,
Pâle, et secouant la cendre des tombeaux.

O Sion ! ô combien ton enceinte immortelle
Renferme en ce moment de peuples éperdus !

Le musulman, le juif, le chrétien, l'infidèle,
Devant le même Dieu s'assemblent confondus.
Quel tumulte effrayant! que de cris lamentables!
Ciel! qui pourroit compter le nombre des coupables!
　　　Ici, près de l'ingrat,
Se cachent l'imposteur, l'avare, l'homicide,
　　　Et ce guerrier perfide
Qui vendait sa patrie en un jour de combat.

Ces juges trafiquoient du sang de l'innocence
　　　Avec ses fiers persécuteurs.
　　　Sous le vain nom de bienfaiteurs,
Ces grands semoient ensemble et les dons et l'offense.
Où fuir? où vous cacher? l'œil vengeur vous poursuit,
Vous, brigands, jadis rois ici, sans diadème;
Les antres, les rochers, l'univers est détruit:
　　　Tout est plein de l'Être suprême.

　　　Coupables, approchez:
De la chaîne des ans les jours de la clémence
　　　Sont enfin retranchés.
Insultez, insultez aux pleurs de l'innocence:
　　　Son Dieu dort-il? répondez-nous.
Vous pleurez! Vains regrets! ces pleurs font notre joie.
A l'ange de la mort Dieu vous a promis tous;
　　　Et l'enfer demande sa proie.

Mais d'où vient que je nage en des flots de clarté?
　　　Ciel! malgré moi, s'égarant sur ma lyre,
Mes doigts harmonieux peignent la volupté,

Fuyez, pécheurs, respectez mon délire.
Je vois les élus du Seigneur
Marcher d'un front riant au fond du sanctuaire.
Des enfants doivent-ils connoître la terreur,
Lorsqu'ils approchent de leur père ?

Quoi ! de tant de mortels qu'ont nourris tes bontés,
Ce petit nombre, ô ciel ! rangea ses volontés
Sous le joug de tes lois augustes !
Des vieillards ! des enfants ! quelques infortunés !
A peine mon regard voit, entre mille justes,
S'élever deux fronts couronnés.

Que sont-ils devenus ces peuples de coupables
Dont Sion vit ses champs couverts ?
Le Tout-Puissant parloit ; ses accents redoutables
Les ont plongés dans les enfers.
Là tombent condamnés et la sœur et le frère,
Le père avec le fils, la fille avec la mère ;
Les amis, les amants, et la femme et l'époux,
Le roi près du flatteur, l'esclave avec le maître ;
Légions de méchants, honteux de se connaître,
Et livrés pour jamais au céleste courroux.

Le juste enfin remporte la victoire,
Et de ses longs combats, au sein de l'Éternel,
Il se repose, environné de gloire.
Ses plaisirs sont au comble, et n'ont rien de mortel ;
Il voit, il sent, il connoît, il respire
Le Dieu qu'il a servi, dont il aima l'empire ;

Il en est plein, il chante ses bienfaits.
L'Éternel a brisé son tonnerre inutile ;
Et, d'ailes et de faux dépouillé désormais,
Sur les mondes détruits le Temps dort immobile.

LETTRE DE L'AUTEUR

A M. IMBERT[1]

Publiée en 1774, à la tête des quatre premières odes
qui suivent.

Vous avez raison, monsieur : pour être aujourd'hui distingué de la foule des écrivains, poëte et prosateur infatigable, il faut s'exercer dans tous les genres de littérature, entasser volume sur volume, et ne pas laisser au public, si j'ose m'exprimer ainsi, le temps de respirer : la célébrité est la récompense de l'auteur le plus fécond, et non de l'auteur

1. Voici une espèce de lettre dédicatoire qui offre une singularité piquante : c'est qu'elle est devenue la satire du poëte dont elle devoit être l'éloge. En effet, elle roule tout entière sur la stérile fécondité des hommes de lettres du temps. « La « fécondité, dit Gilbert à son ami, n'est désirable que lorsque, « semblable à la vôtre, elle ne nuit point à la beauté des ou- « vrages. » Or il est bien vrai qu'à la date de cette lettre, la fécondité de M. Imbert n'étoit point malheureuse ; elle n'étoit

le plus excellent. Aussi seroit-il impossible de citer un siècle qui ait produit autant d'ouvrages savants et littéraires que le nôtre en a vu paroître. Le dernier des rimeurs modernes peut se vanter d'avoir plus écrit que le premier génie du siècle passé, et faire graver en lettres d'or au bas de son portrait : *Je suis un auteur universel.*

Mais cette célébrité que l'homme de lettres acquiert par la multitude et la variété de ses productions, la conserve-t-il dans la postérité? Non sans doute; et l'on connoît les disgrâces tragiques de nos beaux esprits si vantés. Leur réputation survit à peine *à leur savante personne;* et pour ne parler que de Fontenelle et de La Motte, malgré tout leur mérite, combien sont-ils déchus de leur haute renommée! D'ailleurs, Monsieur, quels ont été les fruits de cette manie générale d'écrire sans fin, de se transformer en auteur *à cent têtes?* La corruption du goût, le mépris des règles, la décadence des lettres, l'avilissement des écrivains même : cette assertion ne seroit pas difficile à prouver, et je me propose de la discuter avec vous dans notre premier entretien littéraire.

Au milieu de cette contagion qui s'est répandue

---

pas extraordinaire non plus : il avoit fait paroître en 1772 *le Jugement de Pâris*, poëme agréable, et en 1773 et 1774 des fables et des historiettes qui offrent quelques détails ingénieux. Mais depuis il n'est genre de littérature que M. Imbert n'ait essayé : épîtres badines, romans, contes, fabliaux, comédies, tragédies, parodies, épigrammes, sonnets, articles de journaux, tout est devenu de son ressort, et il n'a rien soutenu. (*Note de l'édition de* 1823.)

sur le Parnasse, que fera donc un homme à qui la
nature a refusé cette prodigieuse facilité d'écrire
dont elle a doué tous les grands génies de notre âge,
et qui, par un goût gothique et bizarre, méprise
assez leur fécondité pour ne la point envier ; à moins
que, semblable à la vôtre, elle ne nuise pas à la
beauté de leurs ouvrages ? Ce qu'il fera ? S'il est possédé de la fureur de rimer, qu'il ne puisse absolu-
ment se vaincre, il doit choisir parmi les genres de
poésie le plus analogue à son caractère, le plus facile,
le genre lyrique par exemple, et s'y livrer tout entier. Lorsque avec de longs efforts il aura composé
quatre odes passables, je lui conseille de les envoyer
successivement à l'Académie. Elle daignera peut-être
en lire huit vers. N'a-t-elle pas lu une stance entière
du *Jugement dernier ?* Flatté d'apprendre un si beau
succès, vite, qu'il coure chez l'imprimeur ; que ses
œuvres soient mises au jour. Si les gens de goût, en
les parcourant, disent : « Ce jeune homme ne manque
pas de talent... non... mais pourquoi faire toujours
des bagatelles... comme des odes?... que n'entre-
prend-il un grand ouvrage ? « Je soutiens, Monsieur,
que, fût-il Rousseau, ce laborieux poëte doit être
satisfait : car enfin, si Rousseau a, de son aveu même,
séché souvent six mois sur les strophes d'un cantique,
notre stérile rimeur s'est épuisé certainement durant
deux mortelles années sur ses quatre odes. Eh ! bon
Dieu ! je connois tel auteur qui, en moins de temps,
auroit fait une encyclopédie. Cet effort n'est-il pas
bien plus glorieux ?

Vous devinez aisément, Monsieur, qui je veux

peindre dans ce rimeur obscur. Oui, c'est votre ami même, le plus sincère de vos admirateurs. Vous recevrez sous peu de jours ses nouveaux essais pindariques. Si le public les dédaigne comme il a dédaigné *le Jugement dernier,* je bénis mon heureuse stérilité; mais, pour être au comble de ses vœux, il faudroit que ma muse eût composé *Pâris.*

ODE II[1]

AU ROI

Moi, prodiguer aux grands de serviles hommages,
Et dans mes humbles vers mendier leurs outrages !
Non, non : l'art des neuf sœurs est-il l'art de flatter ?
Hélas ! jamais ces grands leur daignent-ils sourire,
    Et d'une fleur parer la lyre
    Qui s'avilit à les chanter ?

Ainsi ces dieux de bronze, enfants de l'ignorance,
Ouvrent les yeux sans voir celui qui les encense,
N'entendent ni ses vœux ni ses accords flatteurs,
Dorment sur leurs autels quand l'homme les réclame ;
    Dieux vains, dont le culte diffame
    Leurs insensés adorateurs.

1. Publiée en 1774. — Cette ode n'a point de titre : l'auteur auroit pu l'intituler *la Décadence des lettres*.

Heureux qui, satisfait de lumières bornées,
A d'utiles travaux consacre ses années,
Ignorant le désir d'éterniser son nom !
Malheureux qui se voue aux nymphes du Permesse,
      S'il ne possède pour richesse
      Qu'un grand cœur et son Apollon !

Ils ne sont plus ces jours où les muses chéries,
Sous l'appui des héros, par des routes fleuries,
Ainsi qu'à la fortune arrivoient aux honneurs :
Sur le monde, en tyran, le vice altier domine,
      Et des arts toujours la ruine
      Suit de près la perte des mœurs.

O crime ! ô des mortels ingratitude extrême !
Le citoyen, les rois, les États, le ciel même,
Tout reçoit de nos chants un renom glorieux :
Et, pour vivre jouet du mépris populaire,
      Il suffit, aux yeux du vulgaire,
      De parler la langue des dieux.

Fuyez, semez les champs de vos lyres brisées,
Muses, fuyez des lieux où vos voix méprisées
Ne sauroient plus fléchir les destins irrités ;
Ces bois, du fier sauvage empire immense et sombre,
      Vous offrent déjà sous leur ombre
      Les temples que vous méritez.

Jadis, vaste forêt, notre univers barbare
Voyoit, comme ces bords dont la mer nous sépare,
L'homme errer, habitants des antres ténébreux :

Vous chantez; nos forêts, nos déserts, s'embellissent,
     Et les rochers s'enorgueillissent,
     Changés en palais fastueux.

Que d'empires naissants, de cités florissantes !
Partout règnent les mœurs; partout des lois prudentes
Gouvernent d'un frein d'or peuples et potentats :
La victoire les suit; souveraine des ondes,
     L'Europe enferme les deux mondes
     Dans l'enceinte de ses États.

Ce que vous avez pu, vous le pouvez encore.
Tremble, Europe; ah ! bientôt l'éclat qui te décore
Va suivre les neuf sœurs dans ces mondes nouveaux.
Oui, tremble; c'en est fait, le dieu des arts se venge;
     La nuit sombre en jour pur se change,
     Tes esclaves sont tes rivaux.

Je vois, je vois de loin l'Amérique étonnée
Sortir du fond des eaux, de villes couronnée,
Les forêts du Mexique errantes sur nos mers,
Les mers couvrir nos bords de nations armées,
     Nos campagnes de morts semées,
     L'Europe entière dans les fers.

Dieux, éloignez de nous ces funestes ravages;
Restez, muses, daignez embellir nos rivages :
La France a relevé vos autels abattus;
Sous l'ombrage des lis brille un jeune monarque
     Qui près de son trône vous marque
     Une place, ainsi qu'aux vertus.

Par lui de l'Hélicon l'indigence bannie
N'osera plus trancher les ailes du génie,
Prompt à toucher le ciel de son front radieux.
Il commande, et, suivis d'un respect légitime,
　　　Voyez les arts, par son estime,
　　　Vengés d'un mépris odieux.

ODE III

A S. A. S. MONSEIGNEUR

LE PRINCE RÉGNANT

DE SALM-SALM

CE soleil qui nous luit, le monde entier l'appelle
Roi des astres nombreux dont l'Olympe étincelle,
   Et chef-d'œuvre du Tout-Puissant.
Est-il donc le plus grand des flambeaux de la terre,
Ou le plus élevé dans le champ du tonnerre?
   Non, non; mais il est bienfaisant.

Tel on distingue Salm dans la foule des princes :
Qu'un autre sous ses lois compte plus de provinces,
   Qu'il ait plus de rois pour aïeux;
Eh quoi! de la grandeur sont-ce donc là les marques?
S'il fait le moins d'heureux, le premier des monarques
   Est le dernier devant mes yeux.

5

Le hasard, des hauts rangs dispensateur suprême,
Rarement aux héros qu'il ceint du diadème
   Asservit cent peuples divers;
Sur des trônes obscurs il cache leur naissance :
S'il avoit aux vertus égalé la puissance,
   Salm eût régné sur l'univers.

O que d'infortunés partagent ses richesses !
Tout parle, tout est plein de ses vastes largesses;
   Son peuple en instruit l'étranger;
La mère à ses enfants se plaît à les redire ;
Et, vaincus par ses dons, les cœurs sous son empire
   Courent en foule se ranger.

Rois, vous foulez aux pieds les droits de la nature :
Seroient-ils donc pour vous un vain son, une injure,
   Ces noms et de frère et de sœur ?
Savez-vous honorer et chérir une mère ?
Jamais sans défiance avez-vous pu d'un frère
   Presser le sein sur votre cœur ?

Ces paisibles vertus, au peuple abandonnées,
A mon héros aussi le ciel les a données,
   Pour embellir ses jours heureux ;
C'est elles qui d'un prince annoncent la sagesse :
Comment un fils ingrat, un prince sans tendresse
   Seroit-il un roi généreux ?

J'ai vu, j'ai vu les arts, toujours sûrs de lui plaire,
Ainsi que des enfants auprès d'un tendre père,
   Se rassembler autour de lui :

Déjà les muses même, à sa cour honorées,
Célèbrent leurs beaux jours sur des lyres dorées,
    Présents de leur plus cher appui.

Tant de vertus, ô Salm ! auront leur récompense :
Nous payons tous les biens qu'un maître nous dispense,
    De dons égaux, mais différents :
Les grands sont les auteurs du bonheur du vulgaire ;
Le vulgaire, à son tour, est le dépositaire
    De la célébrité des grands.

Je sais qu'à de faux dieux un vulgaire stupide
A prodigué souvent un renom plus rapide
    Qu'aux vrais dieux, ses appuis constants.
Mais qu'est-il ce renom ? c'est le bruit du tonnerre,
Qui, volant tout à coup aux deux bouts de la terre,
    Dure à peine quelques instants.

Ceux qui par des bienfaits assurent leur mémoire,
Seuls, vainqueurs de l'oubli, verront fleurir leur gloire
    Jusque chez nos derniers neveux :
Le peuple, en la voyant, baisera leur image ;
Et les muses jamais ne loueront un roi sage
    Sans lui donner leur nom fameux.

Mais qui pourroit prétendre à ce tribut d'estime,
Quand ces muses n'ont point, dans leur langue sublime,
    Immortalisé ses hauts faits ?
Leur voix commande au monde, en règle les suffrages,
Et la postérité ne porte ses hommages
    Qu'aux pieds des dieux qu'elles ont faits.

Oh ! si tu dois un jour, protecteur populaire,
Me prêter un abri sous l'ombre tutélaire
      Dont tu couvres tant de mortels ;
Oui, je veux à son char lier la Renommée,
Et que la main du Temps, par mes chants désarmée,
      Ne puisse briser tes autels.

Le génie est semblable à la vigne fertile :
Est-elle sans soutien, l'on voit sa tige utile
      Ramper en étendant ses bras ;
D'un raisin égaré que son front se couronne,
De poussière souillé, vert encore en automne,
      On le bannit de nos repas.

D'un orme généreux est-elle soutenue,
Elle s'élève alors, suspend près de la nue
      Ses fruits qu'ont mûris les beaux jours,
Enivre les humains de sa douce ambroisie,
Et, quand l'ormeau vieilli n'est plus qu'un tronc sans vie,
      Fleurit et l'embellit toujours.

ODE IV[1]

SUR LA MORT DE LOUIS XV

A MM. les officiers du régiment du roi.

PLEURONS, muses, pleurons; que nos lyres gémissent:
La France en deuil succombe aux injures du sort.
Que de cris! ciel! partout nos temples retentissent
    Des chants lugubres de la mort.

Le guerrier même apprend à répandre des larmes ;
Des couleurs de la nuit Mars a peint ses drapeaux,
Et la beauté plaintive aime à voiler ses charmes
    Du crêpe fait pour les tombeaux.

1. La troisième des odes publiées par l'auteur en 1774.
Elle n'offre rien de remarquable. Nous ne la publions ici
que pour donner au complet la série des *odes* de Gilbert.

Louis n'est plus, hélas ! de sa grandeur prospère,
Vrai sage, il est tombé sans connoître l'effroi :
Mais ses tristes sujets le pleurent comme un père,
    Et semblent mourir dans leur roi.

O des guerriers français élite révérée,
Que n'as-tu point souffert en ce commun malheur !
Perdant un maître, un chef, ta douleur s'est montrée
    Aussi grande que ta valeur.

Parons ce monument que lui dresse ton zèle
Des drapeaux qu'à ses yeux tu ravis à l'Anglais ;
Qu'il reconnoisse encor sa légion fidèle,
    Du haut des célestes palais.

Qu'aux pieds de ce tombeau la France gémissante,
Foulant les léopards terrassés par nos coups,
Pleure, ainsi que la veuve, encore tendre amante,
    Sur le bûcher de son époux.

Mais les sons du clairon frappent au loin les nues,
Et les roulements sourds des tambours résonnants
Font errer à longs flots sur nos places émues
    Tous les citoyens frissonnants.

Quel vaste trouble ! Où vont ces enfants de la guerre,
Au bruit du bronze en feu grondant sur nos remparts
Tristes, portant leur fer tourné contre la terre,
    Et renversant leurs étendards ?

Grand prince, ils vont payer à ta muette image
Le tribut de regrets que l'on doit aux héros :
Est-il pour un grand cœur un plus flatteur hommage
    Que les larmes de ses rivaux ?

Sors de ce mausolée, où leur reconnoissance
A peint de tes vertus les symboles touchants.
Il a paru ; guerriers, respectez sa présence,
    Bourbon va parler en mes chants.

« Mes mânes sont contents ; soyez toujours vous-mêmes,
De vos rois, de l'État défenseurs glorieux ;
Vous occupiez mon cœur en ces moments suprêmes
    Où j'allois joindre mes aïeux.

« Mais un autre Louis vous rendra ma tendresse ;
Relevez ces drapeaux, ces glaives renversés ;
Mon fils paroît : Français, tressaillez d'allégresse,
    Vos plus grands rois sont surpassés.

« C'est peu de réparer les malheurs de mon règne ;
Auguste aspire encore à des succès plus beaux :
Son peuple l'aime ; il faut que l'étranger le craigne,
    Comme roi du monde et des eaux.

« Déjà la mer gémit sous nos vaisseaux agiles ;
Alger tremble ; Louis combat avec son nom ;
Et les princes vaincus, jusqu'au fond de ses villes,
    Viennent implorer leur pardon.

«Je vous entends, mes fils; en ces combats insignes,
Vous jurez de briller entre tous nos guerriers;
Vous saurez, de vos chefs et de vous toujours dignes,
    Cueillir les plus nobles lauriers. »

ODE V[1]

SUR LA MORT

DE S. A. R. MADAME LA PRINCESSE

ANNE-CHARLOTTE DE LORRAINE

A la reine.

Où courent, les cheveux épars,
Ces vierges, ces époux, ces mères,
Et ces enfants, et ces vieillards,
Inondés de larmes amères?
Pourquoi ces temples ébranlés
Par l'airain qui gémit dans l'ombre?
Pourquoi ces citoyens sans nombre,
Partout errants ou rassemblés,
Du sommeil, des amours interrompant les heures,
Font-ils de cris plaintifs retentir nos demeures?

1. La dernière des quatre odes publiées en 1774.

A-t-on vu flotter les drapeaux
D'un voisin prêt à nous surprendre?
Brillent-ils déjà les flambeaux
Qui vont mettre nos murs en cendre?
Quel trouble! Hélas! tel fut ce jour[1],
Jour funèbre, où nos derniers princes,
Pour rendre à la paix ces provinces,
De la guerre éternel séjour,
Cédant leur trône antique aux souhaits de la France
Délaissèrent nos bords pleins de leur bienfaisance.

« Quoi! ces bords sont votre pays,
Et vous ignorez nos alarmes?
Entourés d'armes, d'ennemis,
Ah! nous verserions moins de larmes!
Mais la mort frappe, et désormais
A Léopold rejoint sa fille :
Ces pauvres, immense famille,
Riche autrefois de ses bienfaits,
Nos parents, nos amis, et leur sœur et leur frère,
Tout ce peuple orphelin redemande une mère.

« Ici, par des jeux solennels,
Nous célébrâmes sa naissance;
Plus loin, sous les yeux paternels,
Nous vîmes croître son enfance;
Elle nous promit en ces lieux

---

1. On se rappelle quel désespoir montra le peuple, le jour où nos princesses partirent de Lunéville. (*Note de l'auteur.*)

De revoir bientôt sa patrie,
Le jour, où, de nos cœurs suivie,
Elle passa sous d'autres cieux :
Nous ne la verrons plus ; rien ne peut nous la rendre,
Et des murs étrangers posséderont sa cendre. »

Pleurez, citoyens malheureux,
Pleurez cette princesse auguste :
Autant son cœur fut généreux,
Autant votre douleur est juste.
Elle est donc plongée au tombeau,
Elle qui vouoit sa fortune
A la prospérité commune ;
Pareille à ce pâle flambeau,
Astre de nos foyers et rival de l'aurore,
Qui, pour servir nos vœux, lui-même se dévore !

Hélas ! vos pères abattus
Sous le fardeau de la vieillesse,
En me racontant ses vertus,
Retrouvoient leur jeune allégresse.
Quels héros, quels dieux bienfaisants
Ils me peignoient dans ses ancêtres !
« Quoi, disoient-ils, sous d'autres maîtres,
Il faut donc finir nos vieux ans !
Nos climats, l'univers, tout est plein de leur gloire,
Et Louis seul en peut effacer la mémoire. »

Pleurez... Mais pourquoi succomber
Au malheur qui vous désespère ?

Le ciel n'a pu vous dérober
Votre déesse tutélaire :
Non; d'un grand cœur tel est le sort :
Appui des siens durant sa vie,
Il protége, il sert sa patrie
Dans le sein même de la mort.
Ainsi, lorsque son char a disparu sous l'onde,
Le soleil de ses feux éclaire encor le monde.

Ce sont ses exemples sacrés
Qui nous instruisent d'âge en âge;
Toujours des héros expirés
Les héros vivants sont l'ouvrage.
Suivez ces Germains aux combats :
Sans cesse du sauveur de Vienne
L'ombre terrible se promène
Et tonne au milieu des soldats,
Guide, enflamme les chefs en qui son cœur respire;
Et, du fond des tombeaux, Charles[1] soutient l'empire.

Semblable à ce prince indompté,
Dieu de la guerre en Germanie,
Parmi vous de l'humanité
Sa fille sera le génie.
Le juste à ses mânes vengeurs
Peindra ses vertus méconnues ;
Les malheureux à ses statues

1. Charles V, duc de Lorraine, aïeul de la princesse. (*Note de l'auteur.*)

Iront raconter leurs douleurs ;
Et le noble désir d'obtenir ces hommages,
De mortels bienfaisants peuplera vos rivages.

Mourante, hélas! en vastes dons
Elle épuise encor ses richesses;
Et de sa voix les derniers sons
Vous annoncèrent ses largesses.
Mais d'où part ce torrent de feux?
Devant moi s'ouvre l'empyrée;
Quelle est cette vierge sacrée
Qui sort sur un char lumineux?
Des éclairs de son front l'univers se décore,
Et la nuit se revêt des couleurs de l'aurore

Gardez-vous d'en douter, Lorrains ;
C'est elle-même, elle s'avance :
De ses aïeux, vos souverains,
Un chœur illustre la devance.
Sur le front d'un fier conquérant
Celui-là[1] reprit sa couronne,
Et, fils généreux de Bellone,
Pleura son ennemi mourant.
De vos pères cet autre[2] embellit l'heureux âge :
Ces temples, ces remparts, vos lois, en sont l'ouvrage.

1. René II, vainqueur de Charles le Téméraire, duc de
Bourgogne. (*Note de l'auteur.*)
2. Charles III, fondateur de cette ville magnifique bâtie
auprès de l'ancienne ville de Nanci : on l'appelle la Ville-
Neuve. (*Note de l'auteur.*)

Celui[1] qui lève au-dessus d'eux ·
Une tête si radieuse
Longtemps dans un exil affreux
Traîna sa jeunesse fameuse.
En proie aux ravages de Mars,
O ma patrie ! en son absence,
Tu n'étois qu'un désert immense,
Tout couvert d'ossements épars :
Il vient, la paix le suit ; ces ossements horribles
Marchent, courent s'unir, sont des hommes terribles.

Mais de tant de princes rivaux
Qui peindroit les exploits sublimés ?
Ces bords n'ont vu que des héros
Marcher nos maîtres légitimes.
Les voyez-vous se rassembler
Autour de leur fille immortelle,
Qui, toujours aux Lorrains fidèle,
Descend et vient les consoler ?
Je l'entends ; elle parle, elle est ici présente,
Et fait couler le miel de sa bouche éloquente.

« C'est trop gémir et soupirer :
Ah ! calmez ces regrets profanes ;
Vos maux viendroient me déchirer
Jusqu'au fond du séjour des mânes.
Je vous aimois, et chez les morts
Cette même ardeur m'a suivie ;
Loin de vous s'écoula ma vie,

---

1 Léopold Ier (*Note de l'auteur.*)

Mais mon cœur habitoit vos bords :
Du moins, du moins, rendue à des rives si chères,
Ma cendre ira dormir au tombeau de mes pères.

« Gardez ces restes précieux,
Gages derniers de ma tendresse,
Et que le nom de mes aïeux
Sur vos bouches vole sans cesse.
Vantez en eux des bienfaiteurs,
Et non point vos antiques princes :
Louis commande à ces provinces ;
Comme eux, il a droit à vos cœurs.
Que dis-je ? ah ! que vos cœurs à Louis seul se donnent ;
C'est moi, c'est mes aïeux, leurs ombres, qui l'ordonnent.

« Leur sceptre est brisé pour jamais,
Il est brisé ; mais, ô Lorraine !
Déjà pour toi l'heureux Français
Les voit tous revivre en sa reine.
Sans doute, dès ses jeunes ans,
On lui redit leurs grands exemples ;
Que de ses pères, dans tes temples
Étoient cachés les ossements.
S'ils aimoient les Lorrains, le même amour l'enflamme,
Et toutes leurs vertus ont passé dans son âme. »

L'ombre a dit ; vous savez ses lois ;
Voici sa tombe redoutable :
Jurez-y, peuples, à vos rois
Une tendresse inviolable ;
Parlez. « Nous jurons à Louis

De vivre tous Français fidèles :
Oui, s'il restoit des cœurs rebelles
Que sa vertu n'eût point conquis,
O reine, ô des Lorrains chère et douce espérance,
Il les reçut de vous dévoués à la France. »

ODE VI[1]

A MONSIEUR

SUR SON VOYAGE EN PIÉMONT

LES princes vont bannir ces préjugés antiques,
Par qui, dans leurs palais prisonniers politiques,
Ils régnoient inconnus dans leurs propres États.
Nous avons vu des rois, vainqueurs de la noblesse,
Pour chercher la sagesse,
Voyageurs couronnés, parcourir nos climats.

Tels, dans leurs fictions, les maîtres de la lyre
Représentent ces dieux, enfants de leur délire,
Dans l'oubli du nectar, laissant les cieux déserts,
Et, fatigués d'encens, jaloux d'un libre hommage,
Cachés sous notre image,
Sans tonnerre et sans pompe errant dans l'univers.

1. Cette ode parut en 1776, à l'occasion du mariage de
Mme Clotilde, sœur de *Monsieur*, aujourd'hui roi, avec M. le
prince de Piémont, depuis roi de Sardaigne, sous le nom de
Charles-Emmanuel IV.

France! au fond de sa cour si ton maître s'exile,
Ton bonheur lui prescrit ce sacrifice utile :
Peut-il quitter son peuple investi de dangers?
Mais un frère vanté, mais un autre lui-même,
      Pour son prince qu'il aime,
Va conquérir les cœurs sur des bords étrangers.

Partez, jeune héros que Turin nous envie;
Sur les pas d'une sœur, de nos regrets suivie,
Visitez cet empire où l'attend un époux,
Où l'Éridan, chanté par cent muses rivales,
      Roule ses eaux royales,
Fier d'enlever Clotilde à nos fleuves jaloux.

Sous quel ciel merveilleux l'amour va vous conduire!
Ces alpes, ces rochers, parlent pour vous instruire ;
Ils sont pleins d'Annibal et pleins de vos aïeux.
Le sang de ces héros qu'adopta la Victoire,
      Prodigué pour la gloire,
Illustra ces forêts qui soutiennent les cieux.

Vous marchez entouré de prodiges sans nombre.
Là, du peuple romain gît au loin la vaine ombre;
Devant lui se taisoient les rois respectueux :
Cet immense colosse, élevé par la guerre
      Au trône de la terre,
Tombe, et n'est plus, hélas! qu'un nom jadis fameux.

Ici Rome pourtant demande votre hommage;
Rome qui d'elle-même est une triste image;
Rome où les vils troupeaux marchent sur les Césars,

Veuvè d'un peuple roi, mais reine encor du monde;
    Rome sur qui se fonde
La gloire d'un pays deux fois père des arts.

Mais vous ne cherchez pas sur ces rives funèbres
Des monuments d'orgueil, des ruines celèbres :
L'amitié vous appelle aux fêtes de l'amour
En des lieux où, voyant des princes populaires,
    Du pauvre toujours pères,
On croiroit que Bourbon n'a point changé de cour.

Ah! que ces champs heureux où tous les cœurs vous suivent,
Où dans tous les esprits déjà vos bienfaits vivent,
A nos désirs bientôt vous rendent pour jamais!
S'ils possèdent la sœur, nécessaire à leur joie,
    Qu'au moins Paris revoie
Le frère qui se doit au bonheur des Français!

ODE VII[1]

LE JUBILÉ

J'AI vu l'Impiété, de forfaits surchargée,
　Triomphante, et partout en sagesse érigée,
Sur nos autels détruits marcher impunément :
Ses soldats, du Très-Haut vainqueurs imaginaires,
　　　Par ces blasphèmes téméraires,
Annonçoient aux mortels leur gloire d'un moment :

« Nous t'avons sans retour convaincu d'imposture,
O Christ ! toi qui disois : Ma loi solide et pure
Doit survivre au soleil allumé par mes mains :
Le soleil luit encore et dément ta parole ;
　　　Où règne enfin ta loi frivole,
Fantôme, autrefois Dieu des crédules humains ?

---

1. Publiée en 1776. L'auteur y célèbre le jubilé de 1775.

Les peuples ne vont plus, aveuglés par tes mages,
Suspendre leurs présents autour de tes images,
Tributaires craintifs d'un bois mangé des vers.
L'enfant même se rit de la mère insensée
. Qui veut dans sa jeune pensée
Graver un Dieu menteur, banni de l'univers.

Tombez, temples chrétiens, désormais inutiles !
L'oiseau seul de la nuit, ou des prêtres serviles,
Fréquentent de vos murs la sombre et vaste horreur.
Embrasez-vous, autels ! Rentrent dans la poussière,
Avec leur idole grossière,
Tous ces tyrans sacrés qui trafiquent l'erreur. »

Ainsi parloit hier un peuple de faux sages.
Si ce roi des soleils, sensible à leurs outrages,
Eût dit dans sa pensée, Ingrats, vous périrez,
Le tonnerre, attentif à son ordre suprême,
· Se fût éveillé de soi-même,
Et les eût parmi nous choisis et dévorés.

Mais tu l'as commandé, la foudre est assoupie;
Grand Dieu ! tu veux confondre, et non perdre l'impie.
« Fais triompher ma loi, renais, temps précieux,
O temps où, de la grâce ouvrant la source immense,
, Durant deux saisons de clémence,
Mon église élargit l'étroit sentier des cieux ! »

Eh bien, sages d'un jour ! ces temps viennent d'éclore;
Demandez au Seigneur où sa loi règne encore :
La loi du Tout-Puissant fleurit dans nos cités;

Elle charme vos fils, elle enchaîne vos femmes;
 Elle vit même dans vos âmes,
Dont l'orgueil déicide étouffoit ses clartés.

Ouvrez les yeux; pleurez vos triomphes stériles.
O Babylone impure! ô reine de nos villes,
Longtemps d'un peuple athée exécrable séjour!
Dis-nous, n'es-tu donc plus cette cité hautaine
 Où l'Impiété souveraine
Avoit placé son trône et rassemblé sa cour?

Sitôt qu'aux champs de l'air l'œil du jour étincelle,
Sur les pas de la croix qui marche devant elle,
Toute une nation, les enfants, les vieillards,
Les vierges, les époux, les esclaves, leurs maîtres,
 Conduits en ordre par nos prêtres,
Du nom de l'Éternel remplissent tes remparts.

Mais que vois-je? où vont-ils ces fils de la Victoire,
Ces guerriers mutilés, chargés d'ans et de gloire,
Restes d'hommes jadis l'effroi de nos rivaux?
Pourquoi ce front baissé, ces bras dépouillés d'armes?
 Pourquoi ces prières, ces larmes,
Et ces chefs pénitents qui suivent leurs drapeaux?

O ferveur! ô d'un Dieu triomphe mémorable!
Pleins de la même foi que ce peuple innombrable,
Dans cet humble appareil, implorant ta pitié,
Seigneur, ils vont t'offrir, pour calmer tes vengeances,
 Et leurs lauriers et les souffrances
D'un corps dont le tombeau possède la moitié.

Ciel ! quel vaste concours ! Agrandissez-vous, temples !
Peuples, prosternez-vous ! Soleil, qui les contemples,
Éclairas-tu jamais des spectacles plus saints ?
Torrents des airs, craignez d'interrompre ces fêtes !
      Taisez-vous, foudres et tempêtes !
Jours de paix, levez-vous toujours clairs et sereins !

Tu peux enfin cesser tes plaintes maternelles,
Sion ! quitte ce deuil ; vois tes enfants rebelles,
Dans ces temps de pardon, revoler dans tes bras.
Tout marche, tout fléchit sous ta loi fortunée ;
      Et l'Impiété détrônée
Cherche où fut son empire, et ne le trouve pas.

ODE VIII[1]

SUR LA GUERRE PRÉSENTE

APRÈS LE COMBAT D'OUESSANT[2]

Il a fui devant nous, pour retarder sa perte,
Ce peuple usurpateur de l'empire des eaux;
A peine, pour combattre, ont paru nos vaisseaux;
    Il laisse au loin la mer déserte;
Des Français menaçants l'image le poursuit;
Il fuit encor, caché sous de lâches ténèbres,
Il court de son salut rendre grâce à la nuit.

1. Publiée en novembre 1778.
2. Ce combat naval eut lieu le 27 juillet 1778, entre l'escadre française, forte de trente-deux vaisseaux de ligne et de quinze frégates ou autres bâtiments, sous le commandement du comte d'Orvilliers, et l'escadre anglaise, composée de trente vaisseaux de ligne, et sous les ordres de l'amiral Keppel.

Tu disois cependant, anarchique insulaire :
« Environné des mers, seul, je suis né leur roi;
L'orgueil des nations s'abaisse avec effroi
      Sous mon trident héréditaire;
Les Français sont ma proie; ils n'affranchiront pas
Les humbles pavillons que mon mépris leur laisse,
      Déjà vaincus de leur mollesse
Et du seul souvenir de nos derniers combats. »

De tes chefs dédaigneux l'espérance insensée
D'avance publioit nos vaisseaux prisonniers,
Et Londres attendoit nos plus braves guerriers,
      Qu'ils enchaînoient dans leur pensée :
A leur table insultante ils convioient Bourbon[1],
Bourbon qui, sur les flots essayant sa vaillance,
      Prouve sa royale naissance
En bravant des périls aussi grands que son nom.

Rendez-nous ce héros, mer trop longtemps jalouse;
C'est à lui d'annoncer la honte des Anglais.
Il vient[2] : feux d'allégresse, entourez son palais
      Qu'attristoient les pleurs d'une épouse.
O tendresse ! ô transports par la gloire permis !

1. M. le duc de Chartres.
2. Le duc de Chartres suivit de près dans la capitale le
courrier qui portoit la nouvelle du combat et de ses résultats.
« Il fut reçu à l'Opéra, dit un historien, comme l'eût été le
vainqueur de Fontenoy, de Rocoux, et de Lawfelt. » Mais
les dispositions de la cour et du public à son égard changè-
rent ensuite, sur quelques inculpations qu'il est inutile de rappeler ici.

Couple heureux ! Plaisirs purs, où leur âme se noie,
　　　Croissez de la publique joie
Et de l'abaissement de nos fiers ennemis.

Aux armes ! fils des rois; nos vaisseaux vous demandent,
Impatients du port et de l'oisiveté;
L'Anglais, pour avoir fui, n'est pas encor dompté ;
　　　D'illustres dangers vous attendent :
Aux armes ! que l'honneur vous enlève à l'amour.
De nouveau sur les mers tout Albion s'avance,
　　　Et, triomphant de votre absence,
Par d'insolents défis presse votre retour.

Quel tumulte ! quels cris d'allégresse et de guerre !
Annoncent-ils Bourbon aux rivages français ?
C'est lui-même; soldats, illustrés d'un succès,
　　　Fendez les eaux, fuyez la terre ;
Périssent les Anglais et leurs défis altiers !
Ciel ! que de sang versé teindra l'humide plaine
　　　Des deux côtés l'onde promène
Des forêts, des cités enceintes de guerriers.

Bientôt vous entendrez, par cent bouches rivales,
L'airain contre l'airain tonnant avec fracas ;
Vaisseaux heurtant vaisseaux, soldats contre soldats,
　　　Épuisant leurs haines natales,
Triomphons ou mourons ; quel opprobre éternel,
Si la plus noble paix, digne prix de nos armes,
　　　Ne suit les premières alarmes
Dont Louis voit troubler son règne paternel !

Songez, en défiant l'Anglais et les tempêtes,
Que si vous prodiguez votre sang généreux,
Ce n'est point pour tenter un de ces vols heureux,
      Ennoblis du nom de conquêtes.
Français, vous combattez pour l'honneur des Français;
Vos affronts commandoient la guerre qui s'élève;
      Un siècle efféminé s'achève,
Qu'un siècle de grandeur s'ouvre par vos succès.

Vengez-nous; il est temps que ce voisin parjure
Expie et son orgueil et ses longs attentats;
D'une servile paix, prescrite à nos États,
      C'est trop laisser vieillir l'injure[1] :
Dunkerque vous implore; entendez-vous sa voix
Redemander les tours qui gardoient son rivage,
      Et de son port, dans l'esclavage,
Les débris s'indigner d'obéir à deux rois?

Dieu, qui tiens sous tes lois la fuite et la victoire,
Toi dont le souffle apaise et soulève les eaux;
Qui pousses à ton gré les empires rivaux
      Vers leur décadence ou leur gloire;
Si l'injustice arma nos ennemis jaloux,
A nos vaisseaux, conduits par tes mains tutélaires,
      Soumets les vents auxiliaires;
Descends, Dieu des Bourbons, et combats avec nous.

---

1. La paix de Paris du 10 février 1763. Par l'un des articles de ce traité, la France s'engagea à démolir les fortifications de Dunkerque du côté de la mer.

. Des vertus de Louis récompensant la France,
Tu permets qu'il revive en sa postérité ;
De ce palmier tardif un rameau souhaité
      Est promis à notre espérance[1] :
Naissez, fils de l'État, pour le voir triomphant !
Grand Dieu, tu ne veux point, déshonorant nos armes,
      Troubler, par le deuil et les larmes,
Les fêtes qu'on prépare à ce royal enfant.

Non, généreux guerriers ; cet enfant vous présage
Et la faveur du ciel et des lauriers certains :
Cette épée en fureur, qui s'agite en vos mains,
      Lui doit la mer pour apanage.
Nuit qui sauvas l'Anglais, prompt à fuir nos vaisseaux,
C'est toi que j'en atteste, et toi, guerre intestine,
      Qui tiens la dernière ruine
Pendante sur le front de ces tyrans des eaux. ·

O vous qu'ils opprimoient, fils des mêmes ancêtres,
Racontez leurs revers, enhardissez nos coups,
Colons républicains, par la victoire absous
      D'avoir banni d'injustes maitres ;
Français par l'amitié, depuis ce jour vengeur
Où Vergennes, du monde assurant la balance,
      Consacra votre indépendance,
Et défit Albion par un traité vainqueur[2].

---

1. La reine étoit alors fort avancée dans sa première gros-
sesse. Au mois de décembre suivant, elle donna le jour à Madame, duchesse d'Angoulême.

2. En décembre 1777, M. de Vergennes étant ministre des

Peignez votre univers, où leur pouvoir expire,
De leur domaine ingrat retranché pour jamais ;
La liberté transfuge opposant à l'Anglais
    Empire élevé contre empire ;
Leurs climats épuisés d'hommes et de trésors ;
Les champs américains dévorant leurs armées ;
    Leurs flottes en vain consumées ;
Leur triple état courant s'engloutir sur vos bords.

Et nous sommes Français, et dans nos ports timides
Ce reste de vaincus veut imposer des lois !
Éveillez-vous, guerriers, et rendez à nos rois
    Le trône des états humides :
Jusqu'en leurs forts ailés entrez victorieux ;
Frappez ces légions, leur dernière espérance :
    Que le bruit de votre vengeance
Aille au fond des tombeaux réjouir nos aïeux.

Déjà sont accourus, tout rayonnants de gloire,
Orgueilleux de revivre en vos chefs indomptés,
Et du Quesne et Forbin, tous ces héros vantés,
    Dont les mers gardent la mémoire.
Ils vous suivent, brûlant de combattre avec vous.
Les voyez-vous, guerriers, ces fantômes terribles,
    De leurs bras encore invincibles
Pousser vers l'ennemi vos vaisseaux en courroux ?

affaires étrangères, le gouvernement français reconnut l'indé-
pendance des États-Unis, et arrêta avec Franklin les préli-
minaires d'un traité d'amitié et de commerce entre les deux
nations. Ce traité fut ensuite conclu le 7 février 1778.

« Ici sont les Anglais : des dangers qu'il affronte
Chacun de vous aura son père spectateur ;
Marchez, vous disent-ils ; devant vous est l'honneur ;
     Derrière, à vos côtés, la honte. »
Mânes de nos héros, vous serez satisfaits ;
Vous ne rentrerez point dans l'éternel silence
     Affligés d'avoir vu la France
Réduite à regretter l'opprobre de la paix.

ODE IX [1]

IMITÉE DE PLUSIEURS PSAUMES

J'AI révélé mon cœur au Dieu de l'innocence ;
    Il a vu mes pleurs pénitents ;
Il guérit mes remords, il m'arme de constance :
    Les malheureux sont ses enfants.

Mes ennemis, riant, ont dit dans leur colère :
    Qu'il meure, et sa gloire avec lui !
Mais à mon cœur calmé le Seigneur dit en père :
    Leur haine sera ton appui.

A tes plus chers amis ils ont prêté leur rage :
    Tout trompe ta simplicité ;
Celui que tu nourris court vendre ton image,
    Noire de sa méchanceté.

1. Composée par l'auteur huit jours avant sa mort.

Mais Dieu t'entend gémir, Dieu vers qui te ramène
    Un vrai remords, né des douleurs ;
Dieu qui pardonne enfin à la nature humaine
    D'être foible dans les malheurs.

J'éveillerai pour toi la pitié, la justice
    De l'incorruptible avenir ;
Eux-même épureront, par leur long artifice,
    Ton honneur qu'ils pensent ternir.

Soyez béni, mon Dieu, vous qui daignez me rendre
    L'innocence et son noble orgueil ;
Vous qui, pour protéger le repos de ma cendre,
    Veillerez près de mon cercueil.

Au banquet de la vie, infortuné convive,
    J'apparus un jour, et je meurs :
Je meurs, et sur ma tombe, où lentement j'arrive,
    Nul ne viendra verser des pleurs.

Salut, champs que j'aimois, et vous, douce verdure,
    Et vous, riant exil des bois !
Ciel, pavillon de l'homme, admirable nature,
    Salut pour la dernière fois[1] !

---

1. Cette strophe est rapportée ainsi par Palissot :

> *Adieu, champs fortunés, adieu, douce verdure,*
> *Adieu, riant exil des bois !*
> *Ciel, pavillon de l'homme, admirable nature,*
> *Adieu pour la dernière fois !*

Ah! puissent voir longtemps votre beauté sacrée
    Tant d'amis sourds à mes adieux!
Qu'ils meurent pleins de jours! que leur mort soit pleurée!
    Qu'un ami leur ferme les yeux!

POÉSIES DIVERSES

PRÉFACE DE L'AUTEUR[1]

PUBLIÉE, EN 1772, A LA TÊTE DE L'ÉPITRE

DU POÈTE MALHEUREUX.

POURQUOI mettre au jour un ouvrage rejeté par l'Académie françoise? Les lumières, la justice de ce corps respectable, peuvent-elles être suspectes? Que voulez-vous, amis lecteurs? N'est-il pas vrai que vous êtes tous bons catholiques? cependant croyez-vous tous à l'infaillibilité du pape? L'Académie, qui n'est point assurément inspirée du ciel, n'auroit-elle donc pu se tromper? N'avez-vous pas cent fois annulé ses jugements? Par exemple, s'il vous en

1. Gilbert avait envoyé cette pièce à l'Académie française pour concourir au prix de poésie de l'année 1772. Elle n'obtint ni prix ni mention honorable. Croyant qu'elle méritait un meilleur sort, l'auteur la publia cette même année avec cette préface, qui n'a pas reparu depuis.

souvient, elle couronna, l'année dernière, un ouvrage
dont je crois me rappeler le titre. C'est, c'est.... *Les
talents dans leur rapport avec le bonheur et la société*.[1]
Le public désapprouva son choix, il siffla sans pitié
le poëme qu'on nous avoit annoncé comme un chef-
d'œuvre. Or je vous demande si, par une raison
contraire, il ne seroit pas possible qu'un ouvrage fût
trouvé bon, quoique ce tribunal, d'ailleurs très équitable, l'ait jugé indigne du prix. Je ne prétends point
l'avoir mérité : j'ai lu deux pièces envoyées au concours dont j'aurois vu couronner l'auteur avec plaisir.
Il en est sans doute encore d'autres qui pouvoient
être distinguées. Mais que parmi tant de rivaux le
public nomme un vainqueur. Puisque l'Académie
garde le silence, c'est à lui seul de nous juger, et
sa décision, toujours juste, vengera bien les
offensés [2].

Je sais combien ma franchise va me susciter d'ennemis; je connois leur pouvoir : mais quand on a le
courage de dire la vérité, on sait souffrir avec constance tous les maux que peut nous causer cette
noble audace. Un temps viendra peut-être où j'oserai
davantage. Je dirai que M. de Voltaire, membre d'un
corps autrefois composé des Racine, des Corneille,
des Despréaux, etc., est pour la poésie françoise ce
que Sénèque fut pour l'éloquence latine. Je dirai que

1. Par La Harpe.
2. L'Académie renvoya à l'année 1773 le prix de poésie qui
devait être adjugé en 1772 ; mais parmi les pièces envoyées
au concours de cette année, elle en distingua deux par des
mentions honorables.

ce corps, fait pour donner l'exemple du bon goût,
encourage tous les deux ans nos auteurs à s'affranchir
du joug de la rime, oubliant que jamais mauvais rimeur ne fut un bon poëte ; que le célèbre Fontenelle,
qui connaissoit parfaitement les licences permises à
la poésie, se plaignit autrefois à l'Académie assemblée des mêmes abus que je lui reproche aujourd'hui.
MM. Marmontel, d'Alembert, ont bien écrit que
Boileau *n'a ni verve, ni fécondité ;* que Racine, en pei-
gnant l'amour, *parloit plus en métaphysicien qu'en
homme sensible ;* que Rousseau *ne faisoit que des vers.*
Telle est leur opinion ; on leur pardonna de l'avoir
exposée : n'aurois-je donc pas le même privilége ?
Revenons à mon ouvrage.

Plusieurs gens de lettres d'un grand mérite m'ont
paru trouver le sujet vicieux. Ils peuvent avoir raison ; mais l'Académie n'a point dû rejeter ma pièce
par ce motif. N'a-t-elle pas couronné *le Poëte*[1] ? Cette
épître et la mienne ont le même fond. L'auteur,
dans l'une, promet à son ami de lui tracer les *caractères du poëte*[2] : dans l'autre, le poëte se peint lui-
même. Je l'ai supposé malheureux pour donner à
mon ouvrage un autre mérite ; et ma pièce en effet
a cet avantage sur celle de mon antagoniste, qu'elle
a un intérêt plus général, parce que le nombre des
poëtes est bien moindre que celui des infortunés.
Au reste, je prie M. de La Harpe d'assurer dans son

1. De La Harpe.
2. Terme impropre. On ne met ordinairement *caractères*
au pluriel que pour signifier A, B, C, etc. (*Note de Gilbert*).

prochain Mercure que mes vers sont détestables[1], car les siens me semblent fort mauvais.

> Si fractus illabatur orbis,
> Impavidum ferient ruinæ.

1. La Harpe répondit à cette provocation. Il inséra, dans le *Mercure de France* du mois d'octobre 1772, un article sur cette pièce, dans lequel Gilbert est traité avec autant de ménagement, qu'il avait, dans sa préface, mis d'indiscrétion et de violence.

LE POËTE MALHEUREUX

ou

LE GÉNIE AUX PRISES AVEC LA FORTUNE

Barbarus hic ego sum, quia non intelligor illis.

Vous que l'on vit toujours, chéris de la fortune,
De succès en succès promener vos désirs,
Un moment, vains mortels, suspendez vos plaisirs :
Malheureux... Ce mot seul déjà vous importune !
On craint d'être forcé d'adoucir mes destins !
Rassurez-vous, cruels ; environné d'alarmes,
J'appris à dédaigner vos bienfaits incertains,
Et je ne viens ici demander que des larmes.

Savez-vous quel trésor eût satisfait mon cœur ?
La gloire : mais la gloire est rebelle au malheur,
Et le cours de mes maux remonte à ma naissance.
Avant que, dégagé des ombres de l'enfance,

Je pusse voir l'abîme où j'étois descendu,
Père, mère, fortune, oui, j'avois tout perdu.
Du moins l'homme éclairé, prévoyant la misère,
Enrichit l'avenir de ses travaux présents ;
L'enfant croit qu'il vivra comme a vécu son père,
Et tranquille s'endort entre les bras du Temps.
La raison luit enfin, quoique tardive à naître.
Surpris, il se réveille, et, chargé de revers,
Il se voit sans appui dans un monde pervers,
Forcé de haïr l'homme avant de le connaître.

Saison de l'ignorance, ô printemps de mes jours !
Faut-il que, tourmenté par un instinct perfide,
J'aie, à force de soins, précipité ton cours,
Trop lent pour mes désirs, mais déjà si rapide !
Ou faut-il qu'aujourd'hui sans gloire et malheureux,
Jusqu'à te désirer je rabaisse mes vœux !
Pareil à cet aiglon qui, de son nid tranquille,
Voyant près du soleil son père transporté
Nager avec orgueil dans des flots de clarté.
S'élève, bat les airs de son aile indocile,
Retombe, et, ne pouvant le suivre que des yeux,
En accuse son nid, et, d'un bec furieux,
Le disperse brisé, mais en vain le regrette,
Quand, égaré dans l'ombre, il erre sans retraite.
Mais on admire, on aime, on soutient les talents ;
C'est en vain qu'on voudroit repousser leurs élans :
Sur ses pâles rivaux renversant la barrière,
Le génie à grands pas marche dans la carrière.

C'est vous qui l'assurez ; et moi, que les destins

Ont toujours promené sur la scène du monde,
Je dis (et ma jeunesse, en naufrages féconde,
Étudia longtemps les perfides humains,
Apprit où s'arrêtoient les forces du génie) :
« Le talent rampe et meurt s'il n'a des ailes d'or,
Ou, vendant ses vertus, rare et noble trésor,
Lève un front couronné de gloire et d'infamie. »

Que ne puis-je, ô mortels, être accusé d'erreur !
Quel que soit mon orgueil, oui, j'aimerois à croire
Que j'ai par trop d'audace irrité mon malheur ;
Que je frappois sans titre aux portes de la gloire.
Il en coûte à mon cœur de vous croire méchants ;
Mais expliquez, cruels, l'énigme de ma vie,
Ou rendez-moi raison de votre barbarie.
Dieu plaça mon berceau dans la poudre des champs ;
Je n'en ai point rougi : maître du diadème,
De mon dernier sujet j'eusse envié le rang,
Et, honteux de devoir quelque chose à mon sang,
Voulu renaître obscur pour m'élever moi-même[1].
A l'âge où la raison sommeille, oisive encor,
La mienne impatiente ose prendre l'essor :
Au nom seul d'un grand homme on voit couler mes larmes.
Grand Dieu ! ne puis-je encor m'élancer sur ses pas !
Condé bégaie à peine, il demande des armes,

1. « Voilà bien, dit M. de Chateaubriand, le cri du jeune
homme qui sent pour la première fois la généreuse passion de
la gloire. Mais bientôt il est réduit à regretter son obscurité
première. » — « Peut-être, dit La Harpe, ne falloit-il pas
aller jusqu'à se supposer roi ; mais il y a de la hauteur dans
cette idée. »

Et, déjà plein de Mars, respire les combats...
Donnez-moi des pinceaux. — Qu'exiges-tu d'un père ?
Mon fils, crois-moi, surmonte un penchant téméraire :
Tu veux chercher la gloire ? eh ! ne sais-tu donc pas
Que les plus grands talents y montent avec peine ;
Que, noircis par l'envie, accablés par la haine,
Tous ont vu le bonheur s'échapper de leurs bras ?
Songe au sort de Milton, songe au destin d'Homère :
L'homme, ingrat de leur temps, a-t-il changé depuis ?
Ah ! mon fils, je suis pauvre, et tu n'as plus de mère ;
Bientôt tu vas me perdre : où seront tes appuis ?
Mon fils, crois-moi, mon fils, sors de ton indigence ;
Et vers la gloire alors dirige tes travaux.
Au nom de tous les soins qu'on prend de ton enfance,
Par mes cheveux blanchis...— *Donnez-moi des pinceaux.*
Eh bien ! vis à ton gré. Je te livre à toi-même,
Ingrat ; mais en suivant ta folle passion,
Crains ton père, reçois sa malédiction.
Vous pleurez... ah ! mon fils, votre père vous aime ;
Écoutez.— *Des pinceaux !* Moi, sillonnant les mers,
J'aurois donc, sur la foi du zéphyr infidèle,
Poursuivi la fortune au bout de l'univers ;
Et peut-être, pour prix de mon avare zèle,
Enterré sous les flots en revenant au port,
Et mes jours, et mon nom qui peut vaincre la mort !
Qu'à son gré l'opulence, injuste et vile amante,
Berce sur le damas ce parvenu grossier,
Et laisse le poëte, à l'ombre d'un laurier,
Charmer par ses concerts le sort qui le tourmente.
Il n'est qu'un vrai malheur, c'est de vivre ignoré.
L'homme brille un moment, et là tombé dévore

Les titres fastueux dont on fut décoré,
Nos maux, et ces plaisirs que le vulgaire adore;
Tout périt sous la faux de la Mort ou du Temps :
Mais la gloire du moins que l'homme a méritée
Survit à son trépas, et s'accroît par les ans;
Et, loin de les flétrir, la fortune irritée
Ajoute un nouveau lustre aux talents glorieux.
Racine, dieu des vers ! Corneille, esprit sublime !
Vous pouvez effrayer un cœur pusillanime;
Peut-être avec dédain vos mânes radieux
Du haut des monts sacrés regardent qui nous sommes;
Mais, si j'en crois mon cœur, on peut vous égaler ;
Le ciel, en vous formant, voulut se signaler,
J'y consens ; mais enfin vous n'êtes que des hommes.

Ainsi je m'abusois. Sans guide, sans secours,
J'abandonne, insensé, mon paisible village,
Et les champs où mon père avoit fini ses jours.
Cieux, tonnez contre moi; vents, armez votre rage;
Que, vide d'aliments, mon vaisseau mutilé
Vole au port sur la foi d'une étoile incertaine,
Et par vous loin du port soit toujours exilé.
Mon asile est partout où l'orage m'entraîne.
Qu'importe que les flots s'abîment sous mes pieds;
Que la mort en grondant s'étende sur ma tête;
Sa présence m'entoure, et, loin d'être effrayés,
Mes yeux avec plaisir regardent la tempête :
Du sommet de la poupe, armé de mon pinceau,
Tranquille, en l'admirant, j'en trace le tableau.

Je n'avois point alors essuyé de naufrage

Mon génie abusé croyoit à la vertu,
Et, contre les destins rassemblant son courage,
Se nourrissoit des maux qui l'avoient combattu.
Mon sort est d'être grand, il faut qu'il s'accomplisse ;
Oui, j'en crois mon orgueil, tout, jusqu'à mes revers.
Qui de ceux dont la voix éclaira l'univers
N'a point de l'infortune éprouvé l'injustice ?
Un dieu, sans doute un dieu m'a forgé ces malheurs
Comme des instruments qui peuvent à ma vue
Ouvrir du cœur humain les sombres profondeurs,
Source de vérités, au vulgaire inconnue.
Rentrez dans le néant, présomptueux rivaux ;
Ainsi que le soleil, dans sa lumière immense,
Cache ses astres vains levés en son absence,
Je vais vous effacer par mes nobles travaux.
Mon âme (quel orgueil, grand Dieu, l'avoit séduite !)
Dévoroit des talents le trône révéré,
Et dans tous les objets dont je marche entouré,
Ma gloire en traits de feu déjà me semble écrite.

Prestiges que bientôt je vis s'évanouir !
Doux espoir de l'honneur, trop sublime délire !
Ah ! revenez encor, revenez me séduire :
Pour les infortunés, espérer c'est jouir.
Je n'ai donc en travaux épuisé mon enfance
Que pour m'environner d'une affreuse clarté
Qui me montrât l'abîme où je meurs arrêté.
Ne valoit-il pas mieux garder mon ignorance ?

Trop heureux Philémon, s'il connoît son bonheur !
Fidèle au rang obscur qu'il reçut de ses pères,

Longtemps de sa jeunesse il voit briller la fleur ;
Et, cultivant en paix ses champs héréditaires,
Ne craint pas que toujours ses efforts abusés
Laissent tomber son corps privé de nourriture :
La terre au jour marqué lui rend avec usure
Les trésors qu'en ses flancs il avoit déposés.

Il n'a point, il est vrai, vu nos cités immondes,
D'où le grand, étonné de ses vastes besoins,
De leurs productions épuise les deux mondes.
Nos sciences, nos arts, étrangers à ses soins,
Ne l'ont point dépouillé de ses mœurs ingénues.
Roulez en char brillant votre heureux déshonneur,
Jamais de Philémon vous ne serez connues,
Beautés dont on nourrit les vices sans horreur,
Tandis que les talents, amis de l'innocence,
Méconnus, repoussés dans leur premier essor,
Tombent découragés, et meurent d'indigence
Sous l'ombre d'un laurier qu'on leur dispute encor.
Ce protecteur qui marche en semant les promesses,
Même en trompant ses vœux l'abaissa-t-il jamais ?
Burrhus, qui va comptant les ingrats qu'il a faits,
Lui vient-il reprocher ses honteuses largesses ?
Aux malheureux toujours on trouve des forfaits,
Et les plus généreux vendent cher leurs bienfaits.
Pour qui les verts bosquets ouvrent-ils leurs ombrages ?
Les tranquilles étangs, les tortueux vallons,
Les antres toujours frais, les ruisseaux vagabonds,
Les chants du peuple ailé, ses jeux dans les feuillages,
Le paisible sommeil sur des lits de gazon,
La justice, la paix, tout rit à Philémon.

Oh ! combien j'eusse aimé cette beauté naïve,
Qui, d'un époux absent pressentant le retour,
Rassemble tous les fruits de son fertile amour,
Dirige des aînés la marche encor tardive,
Et, portant dans ses bras le plus jeune de tous,
Vole au bout du sentier par où descend leur père !
Elle le voit : grand Dieu, dérobe à ma misère
L'aspect de leurs plaisirs dont mon cœur est jaloux...
N'est-ce donc point assez des tourments que j'endure ?
Quoi ! je porte un cœur noble, et d'un œil plein d'effroi
Je lis sur tous les fronts le mépris et l'injure !
Le dernier des mortels est plus heureux que moi !
Ah ! brisons ces pinceaux ! tombe, lyre inutile !
Périsse un monde injuste ! et toi qui m'as perdu,
Gloire, fantôme ingrat, à la brigue vendu,
Va, je perds sans regret ta couronne futile :
C'est le prix de l'intrigue, et je ne puis ramper.

Si pourtant les destins cessoient de me frapper...
Des hommes quelquefois l'injustice se lasse...
Je puis être du moins fameux par mon audace.
Oui, tremblez, fiers rivaux, détournez vos mépris ;
L'intrépide lion dans un piège surpris
S'irrite du danger, et de sa dent tenace
Ronge, en grondant, la toile où lui-même s'enlace,
Se roule, et peut enfin, par un dernier effort,
La briser, s'échapper, et, prodiguant la mort
Au peuple de chasseurs qui l'attaque et le brave,
Marcher roi des forêts qui le virent esclave.
Vain espoir ! qu'ai-je dit ? hélas ! sans de longs jours
Le poëte languit dans la foule commune,

Et s'il fut en naissant chargé de l'infortune,
Si l'homme, pour lui seul avare de secours,
Refuse à ses travaux même un juste salaire,
Que peut-il lui rester ? Oh ! pardonnez, mon père,
Vous me l'aviez prédit... je ne vous croyois pas :
Ce qui peut lui rester ? La honte et le trépas.

C'en est donc fait : déjà la perfide espérance
Laisse de mes longs jours vaciller le flambeau ;
A peine il luit encore, et la pâle indigence
M'entr'ouvre lentement les portes du tombeau.
Mon génie est vaincu. Voyez ce mercenaire,
Qui, marchant à pas lourds dans un sentier scabreux,
Tombe sous son fardeau ; longtemps le malheureux
Se débat sous le poids, lutte, se désespère ;
Cherchant au loin des yeux un bras compatissant ;
Seul il soutient la masse à demi soulevée ;
Qu'on lui tende la main, et sa vie est sauvée :
Nul ne vient, il succombe, il meurt en frémissant ;
Tel est mon sort. Bientôt je rejoindrai ma mère,
Et l'ombre de l'oubli va tous deux nous couvrir.

O rives de la Saône, où ma foible paupière
A la clarté des cieux commença de s'ouvrir,
Lieux où l'on sait au moins respecter l'innocence,
Vous ne me verrez plus ! mon dernier jour s'avance ;
Mes yeux se fermeront sous un ciel inhumain.
Amis !... vous me fuyez, cruels ! je vous implore,
Rendez-moi ces pinceaux échappés de ma main...
Je meurs... Ce que je sens, je le veux peindre encore.

8

LES

PLAINTES DU·MALHEUREUX[1]

LE jour fuit, la nuit naît, prompte à s'évanouir ;
Tout passe, et ma douleur paroît seule éternelle !
Je cours après des biens dont je ne puis jouir :
Aux cris du malheureux la fortune est rebelle.
Point d'espoir de repos... l'abaissement, la faim,
Les pleurs, le désespoir, voilà mon apanage.
Mes talents, ma vertu, mes veilles, tout est vain ;
Ma misère et mes maux croissent avec mon âge.
Que devenir ? que faire ? ô mort, à mon secours !
Viens, finis mes tourments ; et pourquoi vis-je encore ?
Pour souffrir, pour traîner d'insupportables jours ?
La mort aussi me fuit !... vainement je l'implore...
Dieu cruel ! réponds-moi. Quels sont donc tes desseins,

1. Cette pièce de vers, insérée par l'auteur, en 1771, dans
le *Début poétique*, fut retranchée de ce recueil, l'année suivante, à sa réimpression.

En me chargeant ainsi du poids de l'infortune,
Tandis qu'autour de moi je vois tous les humains
M'étaler un bonheur dont l'aspect m'importune?
Hélas ! si tu ne veux qu'éprouver ma vertu,
C'est trop me tourmenter, je la sens qui chancelle ;
Le besoin la balance, et va triompher d'elle.
Arrête... malheureux ! que je suis combattu !
Il est donc vrai que l'homme, en proie à la misère,
Malgré lui vers le crime est souvent entraîné...
     Malheur à ceux dont je suis né !
Père aveugle et barbare ! impitoyable mère !
Pauvres, vous falloit-il mettre au jour un enfant
Qui n'héritât de vous qu'une affreuse indigence?
Encor si vous m'eussiez laissé votre ignorance,
J'aurois vécu paisible en cultivant mon champ...
Mais vous avez nourri les feux de mon génie ;
Mais, vous-mêmes, du sein d'une obscure patrie
Vous m'avez transporté dans un monde éclairé.
Maintenant au tombeau vous dormez sans alarmes,
Et moi... sur un grabat arrosé de mes larmes,
Je veille, je languis par la faim dévoré,
Et tout est insensible aux horreurs que j'endure ;
Tout est sourd à mes cris ; tout dort dans la nature,
Dans les bois, à la ville, aux champs et sur les flots.

Le M**, au teint de rose et l'ami du repos,
Ronfle nonchalamment étendu sur la plume ;
Et jusqu'à l'artisan qui, dès l'aube du jour,
Faisant sous un marteau retentir son enclume,
Donne aux époux voisins le signal de l'amour,
Tout repose endormi dans l'oubli de ses peines.

Mes yeux seuls sont ouverts, je suis seul malheureux...
Seul, je remplis les airs de mes cris douloureux ;
Seul, de tous les penchants mon cœur porte les chaînes.
L'honneur, qui, me berçant de l'espoir d'un grand nom,
M'emporte malgré moi sur les pas d'Apollon,
L'ambition de l'or, la jalousie impure,
Et l'amour; pour tout autre une source de biens,
Me causent plus de maux que la faim la plus dure.
Heureux cent fois le pauvre à qui de doux liens
Peuvent faire oublier les soucis de la vie !
Heureux, bien plus heureux cet homme de génie
Qui, placé dans l'aisance et cultivant les arts,
N'a pas besoin d'appui pour fixer nos regards !
Il vole à tire d'aile au temple de mémoire.
Semblables aux beautés qui vont baissant les yeux
A l'aspect d'un soleil brûlant et radieux,
Les grands le craindront tous, éblouis de sa gloire...
Et moi, moi, malheureux, j'aurai beau travailler,
Je vivrai dans l'oubli... la muse mercenaire
D'un éclat glorieux ne peut jamais briller...
Mais cessons de me plaindre, et tremblons de déplaire.

L'AMANT DÉSESPÉRÉ [1]

FORÊTS solitaires et sombres,
    Je viens, dévoré de douleurs,
Sous vos majestueuses ombres,
Du repos qui me fuit respirer les douceurs.

Recherchez, vains mortels, le tumulte des villes ;
Ce qui charme vos yeux aux miens est en horreur :
Ce silence imposant, ces lugubres asiles,
Voilà ce qui peut plaire au trouble de mon cœur.

Arbres, répondez-moi... Cachez-vous ma Sylvie ?
Sylvie, ô ma Sylvie !... Elle ne m'entend pas.
Tyrans de ces forêts, me l'auriez-vous ravie ?
Hélas ! je cherche en vain la trace de ses pas.

O feuillages chéris, voluptueux feuillages,
    Combien de fois vos noirs ombrages
Nous ont aux yeux jaloux l'un et l'autre voilés,
Et que ces doux instants se sont vite écoulés !

1. Publié dans le *Début poétique*, en 1771 et 1772.

Toi qui me répétois les chants de ma Sylvie,
Quand, seule, elle vantoit les douceurs de sa vie,
L'entends-tu ? parle, écho ; dis, me la rendra-t-on ?
          Hélas ! il semble qu'il dit non.

Mais quel son a frappé mon oreille éperdue ?
Peut-être est-ce un soupir de ma divinité,
          Qui dit à mon cœur agité :
          Viens, elle te sera rendue.

C'est elle ! ô doux retour ! hâtons-nous d'approcher.
J'entends ses pieds fouler les feuilles gémissantes ;
Mais non... c'est ce ruisseau qui va contre un rocher
Briser, en murmurant, ses ondes blanchissantes.

Ce ruisseau murmurer ?... Il gémit sur mon sort.
Ces arbres attristants et voués à la mort
          Qui couronnent ces rives,
Ces sapins, ces cyprès, leur morne majesté,
Ces bois silencieux, leur vaste obscurité,
Tout semble prendre part à mes douleurs plaintives.

Ah ! revînt-elle encore, il ne sera plus temps.
Ses yeux, au lieu de moi, retrouveront ma cendre ;
Et les pleurs que sur elle on la verra répandre,
Ses regrets douloureux, ses longs gémissements,
Viendront au tombeau même éveiller mes tourments.

LE PRINTEMPS[1]

Sur un vieux char de fer, traîné par les orages,
L'hiver, ce noir géant, compagnon des ravages,
Fuit avec les frimas et l'ennui, ses enfants.
Aux accords enchanteurs des oiseaux triomphants,
Foulant d'un pied léger la naissante verdure,
Le Printemps, au milieu d'une foule d'Amours,
Des zéphyrs précédé, suivi par les beaux jours,
Arrive, et d'un coup d'œil embellit la nature.

L'arbre, qui n'étoit plus qu'un cadavre séché,
Est étonné des fleurs qui brillent sur sa tête ;
Et le fleuve, tantôt sous les glaces caché,
Tantôt rapide, impur, battu par la tempête,
Se promène, orgueilleux du calme de ses eaux :
Et vous, longtemps muets, vous murmurez, ruisseaux ;

1. Une des pièces de la première édition du *Début poétique*
qui ne reparurent point dans la seconde.

Vous admirez déjà les fleurs les plus superbes
Se disputer l'honneur de parfumer vos bords :
Et vous, Amour ! et vous, tout ressent vos transports :
Le zéphyr caressant courbe en onde les herbes,
Et l'oiseau tout de feu, d'arbre en arbre élancé,
Poursuit, atteint, saisit, relâche sa femelle,
L'attrape de nouveau, l'agace, bat de l'aile,
Et sous un sein brûlant tenant son corps pressé,
En jouit, et s'envole en chantant avec elle.
La fleur même en nos prés penche amoureusement
       Sur sa voisine obéissante,
Sa tête d'or, d'azur et de pourpre éclatante,
Et la baise cent fois par un doux mouvement.

Le ris de la nature est sur toutes les lèvres :
Voyez-vous ces brebis, ces génisses, ces chèvres,
Bondir sur la campagne, et, pleines de désirs,
Appeler leur époux aux amoureux plaisirs,
Tandis que sous un arbre, auprès de son amante,
Le berger les lui montre, et lui dit en pleurant :
« Toi seule es insensible au feu qui me tourmente. »
La bergère rougit, et baisse en soupirant
Ses yeux chargés de pleurs où se peint sa défaite.
Jouis, heureux berger, tes vœux sont couronnés ;
Vainqueur de ta bergère, allons, sur ta musette
Célèbre les plaisirs que l'amour t'a donnés ;
Accompagne ma voix... Hélas ! ses sons expirent ;
Je fais pour m'abuser des efforts superflus ;
Et l'aspect du bonheur que les autres respirent
Pour les infortunés est un tourment de plus.
Déployez-vous pour eux vos frais et verts ombrages,

Bois, longtemps attristés de vous voir sans feuillages
Ces monts d'azur épars sous la voûte du ciel,
Ces tapis de gazons étendus sur les plaines,
Ces arbres odorants, ces limpides fontaines,
Tous ces riants objets dissipent-ils le fiel
Qui fait de leurs longs jours un hiver éternel ?

Mais quels chants ! loin de moi, fuis, pensée odieuse ;
Sur de plus beaux sujets promenons mes regards ;
Vois-je pas de buveurs une troupe joyeuse ?
Que de flacons remplis sur ces gazons épars !
Le souris sur la bouche, auprès de sa Glycère,
Chacun s'arme du sien ; le bouchon saute en l'air,
Le vin brille, le verre entrechoque le verre.
De tous les dons du ciel le vin est le plus cher,
Disent-ils, et soudain ils entonnent ensemble
Des hymnes en l'honneur du dieu qui les rassemble ;
Et tous levés en chœur, ils ont en même temps
Par trois libations salué le Printemps.
Mais un autre tableau devant moi se découvre :
Dans ces vastes jardins où s'élève le Louvre,
Enorgueilli d'avoir des rois pour habitants,
Où le marbre animé retrace à notre vue
Des héros fabuleux les exploits éclatants,
Que borde d'arbres verts une forêt touffue.
Théâtre où nos beautés vont disputer les cœurs,
Quel concours a paru ! la ville est délaissée :
Ces lieux, longtemps déserts, sont un autre Élysée ;
Et des ajustements les diverses couleurs,
Réfléchissant l'éclat dont brille la verdure,
Charment les yeux surpris de ces riants tableaux,

La Seine, à cet aspect, semble arrêter ses flots,
Et soudain, de plaisir suspendant son murmure,
Se dresse sur son urne, et dit : C'est le Printemps;
Et c'est aussi ce dieu qu'ont célébré mes chants.

LE CHARME DES BOIS

STANCES[1]

QUE j'aime ces bois solitaires !
  Aux bois se plaisent les amants ;
Les nymphes y sont moins sévères,
Et les bergers plus éloquents.

Les gazons, l'ombre, et le silence,
Inspirent les tendres aveux ;
L'amour est aux bois sans défense ;
C'est aux bois qu'il fait des heureux.

O vous qui, pleurant sur vos chaînes,
Sans espoir servez sous ses lois,
Pour attendrir vos inhumaines,
Tâchez de les conduire aux bois !

1. Ces stances n'ont pas été imprimées du vivant de l'auteur, ni même avant 1788, époque où elles parurent dans la première édition de ses œuvres, donnée par le libraire Le Jay.

Venez aux bois, beautés volages ;
Ici les amours sont discrets :
Vos sœurs visitent les ombrages,
Les Grâces aiment les forêts.

Que ne puis-je, aimable Glycère,
M'y perdre avec vous quelquefois !
Avec la beauté qu'on préfère
Il est si doux d'aller aux bois !

Un jour j'y rencontrai Thémire,
Belle comme un printemps heureux ;
Ou son amant, ou le zéphyre
Avoit dénoué ses cheveux.

Je ne sais point quel doux mystère
Ce galant désordre annonçoit;
Mais Lycas suivoit la bergère,
Et la bergère rougissoit.

Doucement je l'entendis même
Dire au berger, plus d'une fois :
O mon bonheur ! ô toi que j'aime !
Allons toujours ensemble aux bois.

QUARTS D'HEURE

DE MISANTHROPIE[1]

Fiers souverains des bois, souffrez qu'en vos repaires,
Délaissé par les miens, des mortels rebuté,
Je vienne parmi vous chercher l'humanité :
Vous êtes moins que l'homme et durs et sanguinaires.

Le sanglier qui voit, frappé d'un coup mortel,
Succomber son semblable,
Soudain pour le venger vole au chasseur cruel,
Et brave, en l'attaquant, son tonnerre effroyable.

L'homicide lion qui, tombant de langueur,
Ne peut chercher sa nourriture,
Voit un autre lion qui, plaignant son malheur,
Vient avec lui partager sa pâture.

1. Ces vers, insérés d'abord dans la première édition du
Début poétique, n'ont reparu dans la seconde qu'après avoir
subi de nombreuses corrections.

Sombres cités du peuple dévorant,
Forêts, avez-vous vu le loup, brûlant d'envie,
    Arracher au loup expirant
    La brebis qu'il avoit ravie?

Non : l'homme seul, jaloux, insensible, inhumain,
Abhorre, ne plaint point, déchire son semblable.
De l'homme avec regret l'homme apaise la faim ;
Qui semble malheureux, à nos yeux est coupable ;
Tous les cœurs sont d'airain ; le grand est orgueilleux,
    Le riche avare, et le pauvre envieux.
L'univers est un temple où l'on voit l'injustice
Se targuer sur l'autel, un sceptre dans la main.
La modeste vertu, victime du dédain,
Y marche l'œil baissé devant l'éclat du vice ;
Et les pâles talents, gênés dans leur essor[1],
Tombent découragés et meurent d'indigence,
Sous l'ombre d'un laurier qu'on leur dispute encor ;
Tandis que, sous le dais, l'opulente ignorance,
Loin de les soulager, insulte à leurs soupirs,
Et, tranquille, s'endort au milieu des plaisirs.

Et je vivrois encor dans ce coupable monde !
Non : autant mes destins y furent douloureux,
Autant pour lui ma haine est brûlante et profonde.
Tigres, daignez m'ouvrir vos séjours ténébreux ;
Je veux vivre avec vous. Ce vaste et noir silence,
Cette nuit dont l'horreur attriste au loin ces bois,

---

1. Ce vers et le précédent se trouvent également dans *le Poëte malheureux.*

Ces arbres déployés comme une tente immense,
L'écho qui multiplie et prolonge ma voix,
Ces rochers entassés et pendants sur une onde
Qui tombe de leur cime, écume, et, vagabonde,
Imite en se plaignant la voix du malheureux ;
Oui, tous ces noirs objets pour moi n'ont rien d'affreux

Quand tout devant mes yeux respire la tristesse,
Je ne sais quel plaisir pénètre dans mon cœur ;
Mais mon front s'éclaircit, je sens moins mon malheur
Je crois que la nature à mon sort s'intéresse :
Être plaint, c'est beaucoup pour un infortuné !
Et ce triste bonheur que l'homme lui dénie,
En apparence au moins dans les bois m'est donné.
Bois, cachez aux mortels mon importune vie.
Hélas ! étois-je fait pour en être haï ?
Ingrats, je vous aimois... vous m'avez tous trahi.
J'aime à me retracer ma nouvelle carrière :
Mon lit sera la feuille, un antre ma chaumière,
L'herbe ma nourriture, et l'onde ma boisson,
Mes plaisirs l'innocence, et mon bien la raison.

Ainsi, par les sentiers de la misanthropie,
Quand au bord du tombeau je serai parvenu,
Avec ces tristes mots j'exhalerai ma vie :
« J'eusse aimé les humains s'ils aimoient la vertu. »

LE NOUVEL ÉPICURE[1]

VARIANTES

Buvons, Doris, profitons de ce jour,
Prêt à nous fuir, prêt à renaître;
Consacrons nos moments aux plaisirs, à l'amour,
Et nous informons peu si la mort va paraître.

Si, par malheur, tu ne pouvois pour moi
Brûler d'une amoureuse flamme,
De ce jus pétillant la chaleur, malgré toi,
Fondra les glaces de ton âme.

Verse, redouble, allons !... Ce n'est aux rois,
Ce n'est aux grands, beauté chérie,
C'est à toi seule que je bois,
A toi qui fais le bonheur de ma vie.

1. Cette pièce, qui appartient aussi à la première édition
du *Début poétique,* n'a pas fait partie de la seconde.

Quoi ! tu crains d'approcher ce verre
De tes lèvres, siège des ris !...
Savoure ce nectar plus clair que le rubis...
Courage !... il eût tenté la reine de Cythère.

Mais de quels feux nouveaux ont pétillé tes yeux !
Ton sein et s'élève et s'abaisse...
Il semble à mes regards que ton être renaisse.
Est-ce toi ?... C'est Hébé... près du maître des dieux.

L'amour est sur son teint, la soif est sur sa bouche.
Je puis, sans qu'elle s'effarouche,
Lui dire : Aimons, buvons, prolongeons nos printemps.
Ceux-là craignent la mort, qui n'ont point dans l'ivresse
Appris à dédaigner ses arrêts menaçants :
Trembler pour l'avenir, y réfléchir sans cesse,
C'est mourir à tous les instants ;
Mais nous, dans les plaisirs plongeant notre jeunesse,
De Bacchus, de l'Amour suivant les douces lois,
Nous jouirons sans cesse,
Et nous ne mourrons qu'une fois.

Nos jours seront semblables
Aux ruisseaux enchanteurs
Qui, promenant leurs flots sur des tapis de fleurs,
Vont insensiblement se perdre dans les sables.

Buvons, etc.

9

A MADEMOISELLE ROSALIE[1]

Vous voulez donc toujours m'accuser d'imposture?
   Plus de ma vive ardeur ma bouche vous assure,
Moins votre esprit m'en croit, plus je suis maltraité !
O chère Rosalie, avec tant de beauté,
Doit-il être étonnant que vous charmiez une âme ?
« C'est avec moins de feu que s'exprime un amant. »
Cruelle ! dites mieux ; quand un cœur est de flamme,
L'homme ne doit jamais s'exprimer froidement.
Mais de vos cruautés je vois la source amère :
De peur d'être contraint d'y donner du retour,
Souvent de fourberie on accuse l'amour ;
Et si j'étois aimé, vous me croiriez sincère.

   Quand je vous dis, Ces yeux vont droit au cœur,
Les Grâces de-leurs mains ont formé ce visage,
Vous répondez : L'amant est tendre et non flatteur.

1. Cette pièce n'a été publiée par l'auteur que dans la première édition de son *Début poétique.*

Eh bien ! vous le voulez, je change de langage ;
Écoutez-moi : Cès yeux ne disent jamais rien,
Ce teint fade est semblable à la rose séchée ;
Rien ne séduit en vous... Quoi ! vous voilà fâchée !
Je vous parois grossier !... je le prévoyois bien.
Dites-moi donc comment je dois parler pour plaire :
Peut-on ne pas louer l'objet de son ardeur ?
Peut-être, en vous vantant, qu'à vos yeux j'exagère ;
Mais je dis moins encor que n'aperçoit mon cœur.

A MADAME DE M***

SUR SON ACCOUCHEMENT [1]

AMANTE, épouse heureuse, il manquoit à vos vœux
      Le doux titre de mère.
Vous en voilà parée, et le fruit de vos feux
Est une fille aimable, et qui vous sera chère.
Les roses et les lis, sur votre teint en fleur,
Déjà sont en boutons sur son jeune visage;
Vous y voyez vos traits, vos yeux, votre douceur,
Tout ce qu'il faut pour plaire; enfin c'est votre image,
      C'est Vénus au berceau.
De deux cygnes brillants peut-il naître un corbeau !
     Couple charmant, admirez votre ouvrage.
      Vous savez si votre bonheur
Est cher à mes désirs, et si je le partage.

---

1. Autre pièce de la première édition du *Début poétique*
à laquelle l'auteur n'accorda point les honneurs de la réimpression.

M*** vit encor dans le fond de mon cœur :
　　　Malgré l'hymen, malgré l'absence,
Ce précieux trésor, que j'ai sacrifié
　　　Aux prières de l'amitié,
Me coûte encor des pleurs chaque fois que j'y pense.
L'amour n'est point un bien qu'on perde sans douleur ;
Et l'homme, dont les feux sont souvent un caprice,
Se console de tout, mais non du sacrifice
　　　De l'idole de son cœur.

INQUIÉTUDES DE L'AMOUR[1]

C HARMANT ruisseau, c'est près de toi
Que je viens respirer la fraîcheur du feuillage.
     Hélas ! sais-tu pourquoi ?
De ma félicité j'y retrouve l'image.
C'est là, sur ce gazon qui tapisse tes bords,
Que Tircis... le barbare ! il me fuit, il m'oublie,
     Mais il m'aimoit alors !
Là qu'il jura cent fois de n'aimer que Sylvie.
    Oui, disoit-il, ce ruissean que tu vois
Remontera plutôt aux lieux de sa naissance,
Oui, plutôt que Tircis ne s'arrache à tes lois.
O ruisseau ! mon Tircis a manqué de constance ;
    Moi seule, hélas ! j'ai gardé mon serment :

1. Ces vers sont encore du poëte débutant, qui les admit
dans les deux éditions de son recueil ; mais la seconde offre
des différences notables qui prouvent le soin que Gilbert met-
tait à corriger ses moindres productions.

Tu peux, tu peux enfin remonter vers ta source.
Mais le même penchant guide toujours ta course,
    Et loin de moi je vois fuir mon amant.
L'ingrat mérite-t-il qu'on le regrette encore ?
Éloignons, éloignons ce feu qui me dévore :
Peut-être une autre a su, bien moins belle que moi,
Le ranger, l'enchaîner sous son injuste loi ;
Peut-être en cet instant sa bouche lui répète
Les serments qu'il me fit de m'aimer à jamais...
Ruisseau ! si quelquefois cette nymphe inquiète
Sur tes bords enchanteurs vient respirer le frais,
    Dis-lui que le berger qui l'aime,
Que ce berger jura de m'adorer de même.

A M. D'ARNAUD [1]

STANCES

C'EST trop longtemps couvrir des voiles du silence
La généreuse main qui s'ouvre à mon malheur;
Muse, cédons aux cris de la reconnoissance,
Et que mes premiers chants soient pour mon bienfaiteur.

Tels, trop jeunes encor pour chercher leur pâture,
Quand des feux de Progné les fruits reconnoissants
Ont du bec maternel reçu la nourriture,
Ils lui rendent pour prix d'harmonieux accents.

N'altère point ma voix, maxime si commune,
Que l'homme doit toujours sembler ce qu'il n'est pas :
C'est au crime à rougir, jamais à l'infortune;
La peur d'être abaissé ne fait que trop d'ingrats.

1. Baculard d'Arnaud, né à Paris en 1718, et mort en
1805.

J'aurai dit, Ce mortel me conserva la vie;
Et l'on me courbera sous le faix du mépris!...
Si la vertu s'accroît, c'est quand on la publie :
Chantons, muse, la honte en fût-elle le prix.

Mais que vois-je ? d'Arnaud! Vient-il m'ôter la lyre ?
Non : mes accords pour lui ne sont point sans attraits;
Il craint d'être nommé dans mon brûlant délire :
Le grand cœur veut dans l'ombre épancher ses bienfaits.

Ainsi, contre les vents fortifié par l'âge,
Dans la nuit des forêts un chêne à longs rameaux
Se plaît à protéger de son épais ombrage
Un peuple, foible encor, de jeunes arbrisseaux.

Vous, auteurs, qui, nageant dans des flots de richesses,
Prêchez l'humanité dans vos écrits pompeux,
Répondez : avez-vous jamais, par vos largesses,
Tari les pleurs amers de quelques malheureux?

Insensé! jusqu'ici, croyant que la science
Donnoit à l'homme un cœur tendre et compatissant,
Je courus à vos pieds, plongé dans l'indigence;
Vous vîtes mes douleurs et mon besoin pressant.

Qu'en reçus-je ? des dons? Non : des refus, la honte.
« Travaillez, disiez-vous, vous avez des talents ;
« Si le malheur vous suit, le travail le surmonte :
« On peut veiller sans crainte à la fleur de ses ans. »

Barbares! travailler ! Eh! voulois-je autre chose?
A vos pieds prosterné, dévoré par la faim,

Si j'osois de mes maux vous dévoiler la cause,
Mes cris vous demandoient du travail et du pain.

Vous refusâtes tout à mon humble prière,
Et votre avare main loin de vous m'écartoit ;
Je vous fuis en pleurant... j'expirois de misère :
D'Arnaud vint : c'est un dieu, mon malheur disparoît.

Vers la terre courbée, une fleur, jeune encore,
Alloit ainsi périr après un jour brûlant :
Par ses pleurs rafraîchie a-t-elle vu l'aurore,
La fleur lève aussitôt son calice brillant.

Toi qui verses dans moi tout le feu qui t'enflamme,
Arbitre des beaux vers, Apollon, loin de moi !
Pour célébrer d'Arnaud, pour chanter sa grande âme,
Mon cœur dicte ; il suffit, qu'ai-je besoin de toi ?

Pour peindre son amour aux yeux de sa maîtresse,
L'amant va-t-il d'un dieu mendier le secours ?
Il dit ce qu'il ressent, et toute sa tendresse
De son cœur amoureux coule avec ses discours.

Vanterai-je, ô d'Arnaud, l'éclat de ton génie ?
Sophocle, Anacréon, Ovide tour à tour,
Tu nous peins les plaisirs, les langueurs, la furie
Qu'inspirent aux amants les transports de l'amour.

Sous ces dômes sacrés, séjour de l'innocence,
Muse, entends-tu Comminge et son amante en pleurs ?
De leurs feux, de leurs maux tu sens la violence.
Pour la peindre à d'Arnaud ils ont prêté leurs cœurs.

Vois-tu Fayel, brûlant d'amour, de jalousie,
Combattre pour mourir, Couci percé de coups?
Tu frémis, Gabrielle; et ma muse attendrie
Pleure avec toi, te plaint, et maudit ton époux.

Mais qu'entends-je? mes chants ont réveillé l'Envie;
Et sa bouche me dit, en écumant de fiel :
« Crois-tu persuader qu'il n'est point de génie
« Plus brillant que celui de l'auteur de Fayel?... »

Non : mais est-il une âme aussi tendre, aussi pure?
Et que devient l'esprit sans les trésors du cœur?
Un beau masque qui couvre une horrible figure.
Il faut d'abord être homme, avant que d'être auteur.

J'aime mieux l'arbrisseau dont la tête modeste
Se charge tous les ans de fruits délicieux,
Que le cèdre qui touche à la voûte céleste,
Et n'a que des rameaux à m'étaler aux yeux.

Maintenant que ma voix a chanté ta grande âme,
D'Arnaud, goûte le prix de tes dons répandus.
J'ai peint tous mes malheurs, j'aime mieux qu'on m'en blâme
Que d'avoir de leurs fruits dépouillé les vertus.

A M. DORAT[1]

Un jour, pour dissiper l'ombre de ma tristesse,
    J'errois dans les détours de ces bois de lauriers,
Immortels ornements des coteaux du Permesse ;
Devant moi s'avançoient des poëtes altiers,
Leurs pinceaux à la main, le lierre sur la tête :
Ce spectacle m'attire, et déjà je m'apprête
A porter plus avant mes pas audacieux,
      Quand un mortel frappe mes yeux.
La douce Volupté, mollement étendue,
Près de lui sur des fleurs reposait demi-nue ;
Et tandis qu'à l'écorce il confioit ses chants,
L'Amour, au doux sourire, aux yeux vifs et touchants,
La tête sur son corps indolemment penchée,
Lui souffloit tous les feux dont il brûle les cœurs.
Les Grâces, à l'Amour enviant ces faveurs,
Et l'âme de dépit profondément touchée,

---

1. Claude-Joseph Dorat, né à Paris en 1734, et mort en 1780.

Autour de lui se rassembloient en chœurs ;
Et, voulant que leurs mains eussent part à l'ouvrage,
S'approchoient en dansant, et le semoient de fleurs ;
La Jalousie, en vain versant des pleurs de rage,
D'un antre me crioit : Ces fleurs sont des pavots [1].
Curieux, je m'approche, et ne vois que des roses
Brillantes par leur pourpre et fraîchement écloses.
Connois-tu ce mortel, vainqueur de cent rivaux,
Me dit l'Amour, surpris de me voir sur ses traces,
Toi dont l'œil de sa gloire envisage l'éclat ?
Oui, dis-je, quand on voit un mortel près des Grâces,
Craint-on de se tromper en disant : C'est Dorat ?

1. Allusion à l'épigramme suivante, que La Harpe faisoit
circuler contre Dorat :

> *Bon Dieu ! que cet auteur est triste en sa gaieté !*
> *Bon Dieu ! qu'il est pesant dans sa légèreté !*
> *Que ses petits écrits ont de longues préfaces !*
> *Ses fleurs sont des pavots ; ses ris sont des grimaces.*
> *Que l'encens qu'il prodigue est fade et sans odeur !*
> *C'est, si l'on veut l'en croire, un heureux petit-maître ;*
> *Mais si j'en crois ses vers, ah ! qu'il est triste d'être*
> *Ou sa maîtresse, ou son lecteur !*

A M. DE M****[1]

Eｎ vain, foulant aux pieds l'orgueil de ta naissance,
Qui devoit t'enchaîner au tumulte des cours,
Tu cachois dans l'oubli le reste de tes jours,
Prodigués tant de fois pour défendre la France ;
Trop content si, pour prix de tes exploits guerriers,
Tu pouvois, sage heureux, dormir sur tes lauriers.
Comme une fleur qui croît sous des feuillages sombres,
Et que trahit toujours sa vive et douce odeur,
La vertu, malgré soi, brille au travers des ombres
Dont elle aime à couvrir sa modeste splendeur ;
Et la tienne a percé ton réduit solitaire.

Oui, si ton souverain, si Louis t'a cherché
Jusques au fond des champs où tu vivois caché,
S'il a chargé ton bras du soin de son tonnerre,

1. M. le marquis de Monteynard, secrétaire d'État de la guerre. Cette pièce de vers n'a été imprimée que dans la deuxième édition du *Début poétique*.

Les Français par leur choix autorisoient le sien :
Il n'a fait que remplir les vœux du citoyen.
Hélas ! les souverains, jouets de l'apparence,
A des monstres souvent remettent leur puissance...
Mais Louis, mais son peuple espèrent tout de toi.
On aime un bon ministre aux côtés d'un bon roi ;
On sait que, près du trône arrivé sans bassesses,
Tu ne seras jamais du nombre de ces grands
Qui, des honneurs obscurs montés aux premiers rangs,
Épuisent tous leurs soins à grossir leurs richesses,
A ranger leurs parents sous l'ombrage du dais :
Eux, devant qui le pauvre ose à peine paraître ;
Eux, dont tout le génie est d'abuser leur maître,
De vendre à nos voisins, d'en acheter la paix :
Prodigues sans pudeur du bien de la patrie,
Hautains par dureté, généreux par manie,
Et qui, voulant surtout ne point avoir d'égaux,
De leur faste insolent écrasent leurs rivaux.

Eh ! de quoi sert au sage une pompe importune ?
Sa vertu lui suffit pour être respecté ;
Et qui change de mœurs en changeant de fortune
Porte un génie, un cœur faits pour l'obscurité.
Comme toi le grand homme est sage avec noblesse :
Pour lui les premiers rangs ne sont que des moyens
De mieux servir son prince et ses concitoyens.
Le malheureux l'approche et sourit d'allégresse ;
Toujours il est du rang de qui va l'implorer,
Et reprend-il le sien, c'est pour tarir nos larmes.
Ses dons n'accablent point, ses refus ont des charmes ;
Et soutien de son prince il le fait adorer.

Que la tempête alors gronde ; libre de craintes,
Il s'éleva sans brigue, il tombera sans plaintes.

Tu n'as point des Français trompé l'opinion.
Je ne verrai donc plus cette veuve éperdue,
Qui n'avoit qu'un seul fils pour guider sa charrue,
Redemander ce fils à ma compassion,
Ce fils qu'un lot perfide a nommé pour la guerre ?
Vertueux laboureur, en fécondant la terre,
Hélas ! il eût nourri trois frères innocents ;
Il part ! la veuve expire ; et ses jeunes enfants,
Que sont-ils devenus ?... un faix pour la patrie [1],
Qu'un jour de leurs travaux ils auroient enrichie...
Tes lois de ces malheurs ont délivré l'État.

Pour asservir au joug l'indocile soldat,
D'autres armoient ses chefs de châtiments terribles :
Plus sage, plus humain, toi, tu vas dans son cœur
Irriter l'amour-propre et réveiller l'honneur,
L'amour-propre, l'honneur, deux ressorts infaillibles.

Va, poursuis, M***, rappelle-nous Sully ;
Quand même tu n'aurois que ce titre à la gloire,
La croix dont le soldat par toi fut embelli
Sera ton passe-port au temple de mémoire.

---

1. J'ai vu plus d'une fois ces tristes événements. Sauroit-on trop louer le ministre éclairé qui les épargne à la nation ? (*Note de l'auteur.*)

A M. DE SARTINE [1]

OUI, jugez-moi sans indulgence ;
    Proscrivez le mortel
Le plus infortuné, mais le plus criminel :
    J'ai célébré la bienfaisance,
J'ai peint dans Monteynard Sully ressuscité,
    Sartine, et je n'ai point chanté
Le protecteur des arts, surtout de l'innocence.

1. Ces vers n'ont jamais été imprimés, et nous ne les croirions pas de Gilbert si nous n'avions sous les yeux un exemplaire de la seconde édition du *Début poétique,* où ils se trouvent, en regard du titre, écrits de sa main, et suivis de sa signature. Il paraît que l'auteur les a adressés à M. de Sartine en lui faisant hommage de cet exemplaire. (*Note de l'édition 1823.*)

A MADAME

LA BARONNE DE PRINZEN [1]

Ah! Prinzen, par pitié, daignez du moins m'entendre.
Oui, mes vers sont d'un froid et d'un lourd sans égal ;
Mais le mal que je fais, vous pouvez me le rendre :
Faites-moi quelque jour lire votre journal.

[1] Gilbert improvisa ce quatrain, en 1774, dans un accès d'humeur contre la baronne de Prinzen, propriétaire et rédacteur du *Journal des Dames*. (Voyez à ce sujet les *Mémoires secrets*, 1er novembre 1774.)

HÉROÏDES

HÉROÏDE I[1]

DIDON A ÉNÉE

DIDON assoupie se réveille en fureur.

I L est donc vrai qu'Énée a résolu sa fuite ;
  Qu'il délaisse Didon, après l'avoir séduite !
Il fuit !... Volez, soldats ; des glaives, des flambeaux ;
Égorgez les Troyens, embrasez leurs vaisseaux :
Leur roi, son fils, que tout sous vos armes succombe,

1. Insérée dans le *Début poétique*. Ce furent des héroïdes, comme nous l'avons dit, et quelques pièces fugitives, qui annoncèrent Gilbert au monde littéraire. En se croyant appelé à ce genre de poésie, l'auteur se méprenait sur la nature de son talent. La verve et l'audace qui caractérisaient notre poète le rendoient bien plus propre aux deux autres genres qu'il traita depuis, le lyrique et le satirique. Cependant cette héroïde offre un assez grand nombre de vers bien frappés : le poète a surtout traduit heureusement quelques passages de Virgile que nous jugeons inutile de reproduire ici.

Et qu'à leurs corps sanglants la mer serve de tombe...
Arrêtez ; j'aime Énée, on court l'assassiner !
Malheureuse ! et c'est moi qui viens de l'ordonner !
Non... « Mais avec regret je te fuis, chère amante,
« Dit-il ; le ciel le veut, il faut que j'y consente. »
Eh ! que me fait ce ciel, et son ordre odieux ?
Amant, je t'aurois vu désobéir aux dieux ;
Va, tu n'es qu'un ingrat qui m'abuse et m'offense...
Moi, j'abhorre le ciel, s'il prescrit l'inconstance ;
Et, dût-il m'accabler du poids de son courroux,
Avant de te trahir j'aurois bravé ses coups.
Ton âme, pour répondre aux feux de ta maîtresse,
Trop promptement aux dieux immole sa tendresse ;
Non, tu n'aimas jamais... Mais lis, lis, inconstant ;
A qui t'a donné tout, donne au moins un instant.

Vois comme au loin des mers la fureur se déploie ;
Vois ces montagnes d'eau rouler, chercher leur proie,
S'élancer à grand bruit dans le vide des airs,
Se briser, retomber sur l'abîme des mers ;
Vois ces rocs, dont le front sembloit braver l'orage,
Arrachés par les vents, fondre sur le rivage :
Rien n'est calme, tout meurt, le jour est sans flambeau,
L'hiver a fait du monde un immense tombeau.
Et tu fuis ! et tu crois voguer en assurance,
Toi qui cent fois des flots éprouvas l'inconstance !

Ah ! revole vers moi... Tout va dans ce séjour.
Partager mes plaisirs, causés par ton retour.
Mon peuple, qui, charmé de l'ardeur qui m'inspire,
Espéroit sous tes lois voir fleurir son empire ;

Tes sujets, qu'ont lassés les courses, les travaux,
Que tu conduis encore à des périls nouveaux ;
Un fils, qui peut périr sur une onde irritée ;
Une reine, dirai-je une amante attristée,
Tout te retient ici. Viens, je t'ouvre les bras ;
Plein d'espoir, mon cœur vole au-devant de tes pas :
Des pleurs qu'elle a versés viens venger ta maîtresse ;
Réparons tant de jours ravis à ma tendresse.
Viens, je languis, je veux, dans nos embrassements,
Faire envier ton sort aux plus heureux amants.

Mais non, tu rougirois de céder à mes larmes :
Les paisibles douceurs pour toi n'ont point de charmes ;
Le tumulte des camps, les horreurs des combats,
Voilà les seuls plaisirs qui t'offrent des appas.
Rien ne peut assouvir la soif qui te dévore ;
Maître du monde entier, tu te plaindrois encore.
Insensé ! de quel prix peut donc être à tes yeux
Cet empire brillant où t'appellent les dieux,
S'il te faut, au milieu des écueils, des orages,
Le chercher sur des mers couvertes de naufrages ?
Que sont ces biens peu sûrs, près des plaisirs du cœur
Tout l'univers vaut-il un instant de bonheur ?

Cher Énée, où fuis-tu ? n'expose point ta vie ;
C'est ton amante en pleurs, c'est Didon qui t'en prie.
Ces vents, ces mers, leur bruit, tout me glace d'effroi.
Dieux ! si jamais les flots s'entr'ouvroient devant toi !
Si, prêts à t'engloutir... Quelle horrible pensée !
Non... d'un tel trait jamais Didon ne fut blessée...
Énée est tout pour moi ; c'est mon bien, mon époux :

Il mourroit ?... Ah ! sur lui, dieux, suspendez vos coups !
Sur moi seule épuisez toute votre furie ;
Pour sauver mon amant, je vous offre ma vie ;
Puisqu'il me faut le perdre,... ah ! quel que soit mon sort,
J'aime encor mieux pleurer sa fuite que sa mort...

Seulement donne encor quelques mois à ma flamme :
Peut-être enfin pourrai-je accoutumer mon âme
A voir de près les maux qui vont fondre sur moi ;
Que sais-je ? à contempler ton départ sans effroi...
Attends que les zéphyrs soufflent seuls sur les ondes ;
Lance alors tes vaisseaux sur les plaines profondes :
Et quels malheurs, quels maux m'effraieroient dans leur cours ?
Didon n'aura plus rien à craindre pour tes jours...

Mais où tendent tes vœux ? parle, est-ce à la couronne ?
La mienne est sur ton front, voilà mon sceptre, ordonne.
Si c'est pour tes désirs trop peu de mes États,
Mes sujets sont armés, conduis-les aux combats ;
De ses fiers ennemis cours délivrer Carthage,
Force-les d'apporter à tes pieds leur hommage...
Peuples, de mon amant recevez tous des fers ;
C'est pour lui que les dieux ont formé l'univers...
Moi, je veux consacrer tous mes jours à te plaire ;
Je veux qu'Ascagne en moi retrouve une autre mère,
Que le Troyen m'adore et chante ma grandeur,
Que tout autour de moi respire mon bonheur ;
Je veux qu'heureux par moi tu dises dans l'ivresse :
« Le cœur seul de Didon méritoit ma tendresse. »

Que fais-je ? où m'égaré-je ? O funeste ascendant !

J'offre encor le bonheur à mon perfide amant ;
Et des dons qu'il reçut l'ingrat ne fait usage
Que pour percer mon cœur, que pour fuir ce rivage !
Quel fruit de mes bienfaits pensé-je retirer ?
Le barbare ! il ne veut que me désespérer !
Ce fut l'intérêt seul qui m'attacha son âme :
Chargé de mes trésors, et libre de ma flamme,
Peut-être aux pieds d'une autre il court s'en prévaloir...
Non, je ne le crois point, tu ne peux le vouloir ;
Toi ! tu me donnerois jamais une rivale,
A moi dont tu tiens tout?... O trahison fatale !
Non, tu ne mettras point ce comble à mes ennuis,
Tu ne veux point ma mort. « Et pourtant tu me fuis !
Je ne te verrai plus... Et je crois, insensée,
Qu'absente je vivrai toujours dans ta pensée !
Je le croirois en vain... Mais cours le monde entier,
Cherche s'il est un cœur qui puisse s'oublier
Jusqu'à te tout donner, comme j'osai le faire ;
S'il t'aime autant que moi, je renonce à te plaire...
Ingrat ! lorsque tu vins me peindre tes malheurs,
J'aurois dû t'éviter, loin d'essuyer tes pleurs !
Si c'est pour te punir un supplice assez rude,
Contemple le tableau de ton ingratitude.

Loin d'Ilion en cendre, accablé de revers,
Depuis sept ans entiers tu parcourois les mers,
Flatté de voir bientôt, dans un lieu plus fertile,
S'élever sous tes lois les murs d'une autre ville ;
Tu cherchois vainement je ne sais quel pays
Où les dieux t'ont juré de couronner ton fils :
En vain l'hiver, les flots, et mille autres obstacles,

T'offrant partout la mort, démentoient leurs oracles ;
Ce pays se découvre, on croit toucher au port,
On l'admire, on s'écrie... O perfide transport !
Le jour a fui, l'air siffle, et les mers courroucées
Grondent ; bientôt en monts leurs vagues ramassées,
Tantôt jusques au ciel emportent tes vaisseaux,
Tantôt jusqu'aux enfers les plongent sous les eaux.
Le rameur cherche en vain sa force évanouie,
Le pilote est sans art ; tout est tremblant, tout crie :
Partout la mort poursuit tes regards effrayés ;
Sur ta tête elle gronde, et mugit sous tes pieds :
Tout périt... Ton vaisseau, déchiré par l'orage,
Reste seul, par les vents renvoyé vers Carthage...

Tu parois dans ma cour ; tu t'en souviens, ingrat !
On t'amène à mes yeux, tu sais dans quel état...
Je crois te voir encor, frissonnant, plein d'alarmes,
Embrasser mes genoux, les baigner de tes larmes :
« O reine ! vous voyez où le sort m'a réduit ;
Mes vaisseaux, mes soldats, les flots ont tout détruit :
Étranger, disois-tu, dans mon malheur funeste,
La mort ou vos bontés, c'est tout ce qui me reste. »
Des traits de la pitié l'amour perça mon cœur.
Malheureuse, j'appris à plaindre le malheur.
« Va, cesse de pleurer, inconnu, sois tranquille :
Que puis-je ? ordonne, viens, partage mon asile. »

Restes infortunés des ondes en courroux,
Toi, ton fils, à la mort je vous arrachai tous ;
Et sans savoir de toi que ton nom, faux peut-être,
De mes États naissants je te rendis le maître.

Par un charme inconnu, mais qui flattoit mon cœur,
Pour ne songer qu'au tien, j'oubliois mon bonheur...
Tout ce qu'elle faisoit dans l'ardeur de te plaire,
Pour sa félicité Didon croyoit le faire.
Spectacles, fêtes, jeux ; perfide, nomme-moi
Des plaisirs que Didon n'ait prodigués pour toi.
J'aurois, si j'eusse pu, banni de ta pensée
Jusques au souvenir de ta douleur passée,
Dans l'espoir que mes dons, par un tendre retour,
Prépareroient ton cœur aux transports de l'amour.
Mais plus je m'efforçois de le rendre sensible,
Moins ce cœur à mes feux paroissoit accessible.
Je rougis à la fin de brûler sans espoir ;
Je crus que le penchant céderoit au devoir,
J'évitai ta présence. Amante infortunée !
Dans mes palais, partout, je retrouvois Énée.
Je sentois ma vertu s'affoiblir chaque jour,
Ma raison succomboit sous l'effort de l'amour.
Ce n'est plus cette ardeur encor foible, incertaine ;
C'est un feu dévorant qui court de veine en veine.
J'avois en vain juré de fuir un autre hymen ;
Vingt rois, qu'avoient aigris les refus de ma main,
M'offroient en vain la mort si j'épousois Énée :
Dangers, devoirs, serments d'éviter l'hyménée,
Tout fuyoit à sa vue ; Énée étoit vainqueur,
Et l'excès de mes feux balançoit ma pudeur.

Enfin je crus te voir sensible à ma tendresse ;
Tes yeux, pleins de langueur auprès de ta maîtresse,
Sembloient trahir tes feux, m'exprimer tes désirs,
Mendier du retour, m'inviter aux plaisirs.

Sur mes sens aussitôt ma raison perd l'empire,
Je ne me connois plus, je brûle, je désire,
J'espère... Tu me fais l'aveu de ton amour.
J'ose... Hélas ! est-ce à moi de rappeler un jour
Un jour que je voudrois retrancher de ma vie ?
Loin de la retracer, pleurons mon infamie...
Mais non, non, je n'ai point alors perdu l'honneur ;
Non, traître, je le mis en dépôt dans ton cœur ;
Tu me juras ta foi, je te donnai la mienne :
La honte est pour celui qui veut trahir la sienne.
Ce nœud, quoique secret, doit être respecté ;
Les serments font l'hymen, non la solennité.
Les dieux que tu rendis garants de ta promesse,
Ces dieux me sont témoins que, malgré sa tendresse,
Jamais pour toi Didon n'eût éteint sa vertu :
C'est au nom seul du ciel que mon cœur s'est rendu.
Je te crus engagé par un nœud légitime ;
Et, sacré par l'hymen, l'amour est-il un crime ?
Je n'ai jamais senti ces remords dévorants,
D'une âme criminelle implacables tyrans.
Mes jours couloient heureux dans une paix profonde ;
Ton épouse, oubliant tout le reste du monde,
Marchoit avec orgueil, esclave de tes vœux,
Et croyoit plaire au ciel en te rendant heureux.

Un instant détruit tout. O mortelle pensée !
Ton départ, en enfer change mon Élysée :
Autrefois je pouvois désirer et jouir,
Et maintenant que puis-je ? hélas ! pleurer, gémir.

Chère Élise, ô ma sœur ! c'est toi qui m'as perdue ;

Tu versas dans mon sein le poison qui me tue :
Ton amitié, sans cesse irritant mon ardeur,
Me vantoit ses aïeux, ses vertus, sa valeur.
Carthage, disois-tu, sous ses lois florissante,
Devoit porter aux cieux sa tête triomphante ; .
Et reine, amante heureuse, unie à ses destins,
Je n'aurois à couler que des moments sereins.
O mensonges flatteurs qui m'avez trop séduite !
J'ai dédaigné vingt rois, et ce Troyen me quitte !
Faut-il qu'à tes conseils mon cœur se soit prêté ?
Ne pouvois-je à l'amour opposer la fierté ?
Ah ! paisible du moins et dans l'indifférence,
J'aurois vu fuir mes jours, heureux par l'innocence ;
Et vous, mânes sacrés de mon premier époux,
La foi que je vous dus serait encore à vous.

    Qu'ai-je fait ? malheureuse ! à quoi suis-je réduite ?
Perfide, vois les maux où m'expose ta fuite ;
Vingt rois que j'ai bravés menacent mes États.
Vois nos champs, vois ces murs hérissés de soldats ;
Vois Iarbe à leur tête, échauffant le carnage,
Le fer, la flamme en main, anéantir Carthage.
Moi, femme, sans appui, comment parer ces coups ?
Comment de tant de rois apaiser le courroux ?
Où me cacher, où fuir, où trouver un asile ?
J'en avois un, hélas, et j'y vivois tranquille ;
C'est pour t'avoir aimé qu'il ne m'en reste plus,
Et peu de jours heureux m'ont été bien vendus...

    Irai-je avec mon peuple, et loin de cette terre,
Mendier dans Sidon du secours à mon frère ?

C'est sa fureur, c'est lui, qui, de son or jaloux,
Enfonça le poignard au sein de mon époux.
Irai-je à ces tyrans armés contre ma vie
Offrir, pour les calmer, une main avilie,
Moi, qui les ai tous vus, amants humiliés,
Déposer, mais en vain, leurs sceptres à mes pieds ?
Rois, animez plutôt vos soldats au carnage ;
Palais, embrasez-vous ; tombez, murs de Carthage !
Et toi, perfide, et toi, plus barbare qu'eux tous,
Viens de ta propre main me livrer à leurs coups :
La recevant de toi, la mort me sera chère ;
Tu m'entendras encore, à mon heure dernière,
Former des vœux pour toi, te dire : « Cher amant,
J'ai vécu pour t'aimer, et je meurs en t'aimant. »

Eh bien, que tardes-tu ? couvre-moi, nuit profonde !
Mon amant est le nœud qui m'attachoit au monde ;
L'innocence, l'honneur, me le faisoient chérir ;
Je les ai tous perdus... je n'ai plus qu'à mourir.
Quel prix pour mes bienfaits ! quel prix pour ma tendresse !
Mourir ! ah ! c'est donc là le sort qu'à ta maîtresse
Réservoit... Mais que sens-je ? et quel trouble en mon sang ?
Dieux ! le fruit de mes feux vient d'agiter mon flanc !
Eh bien, je m'y résous, vivons pour être mère.
Cher amant, voudras-tu lui refuser un père ?
C'est ton sang, c'est ton fils, son sort doit t'attendrir ;
Avant de voir le jour le feras-tu périr ?
Quand même je pourrois, après ta perfidie,
Traîner en sa faveur le fardeau de ma vie,
Mes troubles, mes soucis, l'horreur de mon destin,
Sans doute lui feront un tombeau de mon sein.

Ah ! s'il voyoit le jour ; si, portrait de son père,
Il folâtroit déjà sous les yeux de sa mère,
La vie auroit encor pour moi quelques douceurs :
D'une main caressante il essuieroit mes pleurs ;
Je t'aimerois en lui, je t'y verrois sans cesse :
« Voilà ses traits, ses yeux, sa fierté, sa noblesse, »
Dirois-je avec transport ; « c'est lui, c'est mon amant,
« C'est Énée ; il avoit cet air tendre et charmant,
Cette aimable candeur brilloit sur son visage,
Quand, victime des flots, il parut dans Carthage. »

Mais puisque enfin le ciel, propice à tes souhaits,
Au lieu de les punir, protége tes forfaits ;
Puisque, pour t'arrêter, pitié, reconnoissance,
Amour, nature, honneur, tout paroît sans puissance ;
Je ne te retiens plus : ingrat, fuis loin de moi.
Vénus n'a pu produire un monstre tel que toi ;
Horrible nourrisson des tigres d'Hircanie,
Ta bouche avec leur lait suça leur barbarie,
Et les mers en fureur, te roulant dans leurs flots,
T'ont vomi sur ces bords pour m'accabler de maux.
Monstre, tu sus trop bien remplir ta destinée.
Je suis du monde entier la plus infortunée.
Je brûle, je languis, je condamne mes feux ;
Pour détacher mon cœur de ses indignes nœuds,
Malheureuse ! il n'est rien que ma raison n'emploie :
L'amour semble encor plus s'attacher à sa proie.

Eh bien ! puisque le ciel rend vains tous mes efforts,
Suivons aveuglément le cours de mes transports.
Que m'importe qu'un monde où règne l'injustice,

Au gré des préjugés m'élève ou m'avilisse ?
Non, n'écoutons plus rien que la voix de mon cœur.
Ma gloire, mon désir, mon devoir, mon bonheur,
Est de suivre l'époux à qui je suis liée :
Quelle autre à ses revers doit être associée ?
Cher amant, vois sur moi jusqu'où va ton pouvoir...
Fuis, mais dans tes vaisseaux daigne me recevoir ;
Conduis-moi, si tu veux, aux plus lointains rivages,
Je te suivrai partout ; écueils, frimas, orages,
Je n'examine rien : rien peut-il m'effrayer ?
Je suis prête à tout fuir, à tout sacrifier :
Ces murs que j'ai bâtis, mes sujets, ma couronne,
Le monde, s'il falloit, pour toi je l'abandonne.
Eh ! qu'importe où je vive, en vivant près de toi ?
Puis-je rien regretter si ton cœur est à moi ?
L'amour saura de fleurs parsemer ma carrière,
L'amour donne la vie à la nature entière.

O toi, qui dans mon sein mis toutes mes fureurs,
Énée, as-tu jamais bien senti ces douceurs,
Ces élans enflammés vers l'objet que l'on aime,
Ce trouble, ces transports, cet oubli de soi-même,
Ces extases où l'âme, à force de sentir,
Au sein des voluptés semble s'anéantir,
Cette douce langueur qui suit toujours l'ivresse,
Rend aux désirs leurs feux, au cœur plus de tendresse ?...
Ah ! dans tes bras jadis j'ai goûté ces plaisirs !
Consumée à présent de stériles désirs,
Abandonnée en proie aux plus vives alarmes,
Je vais brûler, languir, et sécher dans les larmes ;
Voilà, perfide, encor les moindres de mes maux :

Un mot de toi peut seul me rendre le repos ;
Mais si mes pleurs sont vains, si mon offre est frivole,
Si tu veux fuir sans moi, c'en est fait, je m'immole.
Quand tu sors de-mes bras pour n'y jamais rentrer,
Quand de moi pour jamais tu vas te séparer,
Quand je perds tout en toi, qui m'attache à la vie ?
Non, ce n'est point le fruit de ma flamme trahie ;
Nos nœuds rompus, qu'est-il ? un témoin odieux,
Dont le front offrira ma honte à tous les yeux.
Hélas ! toutes les fois qu'il me diroit sa mère,
Il me faudroit rougir, et maudire son père !
Et lui, lui-même un jour, partageant mon destin,
Souhaiteroit cent fois d'être mort dans mon sein.
« Quel don, me diroit-il, pleurant son infamie,
Quel don m'avez-vous fait en me donnant la vie ?
Mon cœur est innocent, j'ai des rois pour aïeux,
Et le plus vil mortel me fait baisser les yeux.
Reprenez, reprenez ce présent détestable ;
Il est dur de rougir quand on n'est point coupable. »
Quel reproche ! ô mon fils !... Eh bien ! meurs dans mon flanc...
Barbare ! vois mon bras, armé d'un fer sanglant,
Se plonger dans mon sein, et, bravant la nature,
Y chercher cet enfant, fruit de ton feu parjure ;
Vois ses membres naissants, déchirés en lambeaux,
Vois son sang, vois le mien couler à longs ruisseaux
De mes flancs entr'ouverts et fumants de carnage,
Mon désespoir, ma mort, et connois ton ouvrage...
Ce projet est terrible, il fait frémir d'horreur...
Cher amant, cher époux, laisse attendrir ton cœur :
Rendez-le, dieux puissants, sensible à ma prière,
Ou faites à Didon oublier qu'elle est mère...

Mon bras peut s'arrêter au seul nom de mon fils.
La nature... Qu'entends-je? ah, dieux !... ce sont ces cris !
« Que vas-tu faire? arrête! O mère impitoyable,
Entends gémir ton fils... Il meurt... est-il coupable? »
Et moi, le suis-je, ingrat? Oui, d'avoir pu t'aimer,
Mais non de fuir un monde où tout doit m'alarmer ;
Où, le sceptre à la main, sur le trône élevée,
A la honte, au mépris je me vois réservée.
Ah ! contraint de choisir l'infamie ou la mort,
Qui peut craindre un instant de terminer son sort !
Devant tout l'univers à rougir condamnée,
Je n'ai déjà que trop souffert ma destinée.
Mourons... Si le trépas ne nous rend point l'honneur,
Ah! de rougir au moins il épargne l'horreur.
Si je commets un crime, ô dieux ! votre colère
Doit tomber sur celui qui le rend nécessaire.
Tremble, ingrat ! c'est toi seul que puniront les dieux,
Et je vole en mourant t'accuser devant eux.

Cher Énée, ah ! plutôt permets-moi de te suivre.
Mais tout est décidé ; pars, je cesse de vivre.
Que ne puis-je à l'instant m'offrir à tes regards,
Pâle, défigurée, et les cheveux épars !
Viens me voir, viens, cruel !... mon teint n'a plus de charmes.
En proie au désespoir, les yeux noyés de larmes,
Je tiens, en t'écrivant, ma plume d'une main,
Et de l'autre un poignard prêt à percer mon sein.
Détermine mon sort; parle, qu'on me l'annonce :
Didon, pour se frapper, n'attend que ta réponse.

AVANT-PROPOS

RIEN de plus terrible, rien de plus étonnant que l'histoire de la marquise de Gange. Qui se fût jamais imaginé que deux frères rivaux se pussent assez accorder entre eux pour égorger la femme de leur frère? En vérité, il est des événements qui humilient bien l'humanité, et je crois que celui-ci est du nombre.

Le marquis de Lanide, depuis appelé de Gange, rechercha en mariage mademoiselle de Rossan, veuve du marquis de Castellane, et une des plus charmantes têtes de son siècle. Il l'obtint. Les premiers jours de leur union furent heureux. Quelque temps après, deux frères du marquis de Gange, dont l'un étoit abbé, l'autre militaire, vinrent se joindre à nos deux époux, qui vivoient dans un de leurs châteaux. A peine eurent-ils vu leur belle-sœur, qu'ils en devinrent tous les deux amoureux. Bientôt le mari devint jaloux et la persécuta. L'abbé, intrigant et capable de tout, croyant s'en faire un mérite auprès

de sa maîtresse, dissipa les soupçons du marquis.
Mais tout ce qu'il put faire n'eut point assez de force
pour fléchir une femme aussi vertueuse que belle. Il
résolut donc de l'assassiner, et exécuta cet horrible
projet avec son frère.

Voilà l'affreuse catastrophe dont j'ai fait une épître-
héroïde. Les mœurs de notre siècle, toutes perverses
qu'elles sont, n'empêcheront pas d'en plaindre l'hé-
roïne. La vertu persécutée excite toujours la pitié.

HÉROÏDE II

LA MARQUISE DE GANGE

A SA MÈRE [1]

MA mère... je frémis ! que vais-je vous apprendre !
Aurez-vous, sans mourir, la force de m'entendre ?
C'étoit peu que le ciel, brisant un nœud chéri,
Vous donnât à pleurer la perte d'un mari ;
Il vous restoit au moins, pour essuyer vos larmes,
Un objet où vos yeux en retrouvoient les charmes ;
Mais cet objet si cher, l'orgueil de votre amour,
Le seul fruit de vos feux qui vît encor le jour,
Hélas ! quoique innocente, à souffrir condamnée,
Loin de vous votre fille expire assassinée...

Vous pleurez !... et je suis la cause de vos pleurs !
J'ai dû taire mon sort, vous cacher mes malheurs ;

1. Publiée dans le *Début poétique.*

Et j'ai révélé tout !... ah ! pardonnez, ma mère...
L'heure qui va sonner peut-être est ma dernière :
Il me reste un moment ; c'est à peindre mes maux,
A signer le pardon de mes cruels bourreaux,
C'est à vous consoler que je le sacrifie...
Dieux ! si ma perte alloit abréger votre vie !
Ah, ma mère ! ah ! combien la mort va me coûter !
Mon cœur vers vous s'élance, et ne peut vous quitter ;
Du coup qui l'en détache il frémit, il murmure,
Et je meurs de vos maux plus que de ma blessure.
Mais pourquoi tant de pleurs ? pourquoi ces cris affreux ?
Pourquoi ce désespoir, ces regrets douloureux,
Ce sombre abattement ? Ces serments de me suivre
Me rendront-ils à vous, me feront-ils revivre ?
Non : tout leur fruit sera de hâter vos vieux ans,
D'ajouter des douleurs à mes derniers instants.
Dieu devoit-il nous faire une âme si sensible ?
Que ne m'aimez-vous moins ! je mourrois plus paisible.
Hélas ! qu'est devenu ce temps où votre cœur
Dans mes lettres jamais ne puisoit la douleur ;
Où Gange, toujours tendre, étoit loin de me croire
Capable d'un amour qui pût blesser ma gloire ?
Tout alors m'assuroit le destin le plus doux ;
Quand, voulant habiter et vivre parmi nous,
Ses frères criminels arrivèrent, me virent,
Et du feu le plus noir pour mes charmes s'éprirent :
L'un, hardi dans ses vœux, dissimulé, cruel,
Avoit voué ses jours au service du ciel ;
L'autre, né généreux, tendre, mais téméraire,
Prétendoit aux lauriers que l'on cueille à la guerre.
Ils osèrent tous deux me déclarer leur feu :

Le dédain fut le prix de ce coupable aveu :
Qui? moi! moi, j'aurois pu répondre à leur tendresse !
Moi, femme sans honneur, j'aurois eu la foiblesse
D'outrager mon époux, de trahir mon amant,
Gange ! lui de mes jours le charme et l'ornement !
Ah ! mon devoir fût-il un rempart peu solide,
Pour défendre mon cœur d'un amour si perfide,
Ma vertu suffisoit ; et vos leçons, ma mère,
N'ont point à votre fille enseigné l'adultère.
Furieux cependant de se voir mépriser,
D'Orme [1] auprès de son frère osa m'en accuser :
Gange, un instant séduit, le crut, et dans sa rage
Il voulut me punir, venger son faux outrage,
Et, sans daigner me voir, sans daigner m'écouter,
Dans le fond d'un cachot me fit précipiter.
Mais on l'avoit trompé ; c'est mon époux, je l'aime,
Je lui pardonne tout : non, jamais de lui-même,
Jamais il n'eût conçu des soupçons sur ma foi :
Et des maux qu'il m'a faits il souffrit plus que moi.
J'ai vu son repentir, je l'ai vu, plein d'alarmes,
Tomber à mes genoux, arrosés de ses larmes ;
S'accuser, détester cet injuste soupçon,
Et, plus amant qu'époux, implorer son pardon.

Au moins n'est-ce pas lui dont la main forcenée
Dans mon sang répandu sans pitié m'a traînée.
Depuis longtemps absent, il ne sait même pas
Que mes yeux sont voilés des ombres du trépas ;
Et peut-être inquiet, brûlant d'impatience

---

1. C'était l'abbé de Gange.

D'oublier sur mon sein les rigueurs de l'absence,
Revient-il à l'instant, croyant déjà me voir
Voler, ouvrir mes bras, prêts à le recevoir.
Vain songe ! quel spectacle étonnera sa vue !
Sur un funèbre lit son épouse étendue,
Pâle, sanglante encore et d'une foible voix
Lui criant : « Gange, adieu pour la dernière fois. »
Quel désespoir pour lui ! que de larmes versées !
Quels maux seront les siens ! ô funestes pensées !
J'entends déjà ses cris : « Quels sont ses assassins ?
« Les monstres ! où sont-ils ? qu'ils meurent de mes mains. »
Mais que deviendra-t-il, grand Dieu ! que va-t-il faire,
Quand on lui répondra : « Ce monstre est votre frère ? »
Il mourra de douleur, et peut-être à mes yeux !
Non : Dieu m'épargnera ce spectacle odieux ;
Dieu devant son retour fermera ma paupière.
La douceur de le voir à mon heure dernière
Sans doute embelliroit les bords de mon cercueil ;
Mais s'il faut de ses jours acheter ce coup d'œil,
J'aime mieux expirer sans jouir de sa vue,
Et ie pardonne encore à l'ingrat qui me tue.

C'est ce d'Orme imposteur, cet amant inhumain
Qui contre moi de Gange avoit armé la main ;
Ce d'Orme qui, feignant de partager mes peines,
Obtint de mon époux qu'il briseroit mes chaînes,
Et qui, se prévalant du nom de bienfaiteur,
Revint insolemment me demander mon cœur ;
Lui, seul auteur des maux où l'on m'avoit réduite
Sans doute il ignoroit que j'en étois instruite :
Mais mieux je le savois, mieux ces fers, tour à tour

Rompus, forgés par lui, me montroient le détour
Par où ses yeux cherchoient la route de mon âme.
Moins votre fille osa désespérer sa flamme :
Mon cœur saignoit encor des maux qu'il m'avoit faits.
D'un rayon d'espérance amuser ses souhaits,
Malheureuse ! c'étoit compromettre ma gloire :
Instruire mon époux d'une ardeur aussi noire,
C'étoit troubler ses jours ; pour m'en faire un appui
C'étoit semer la haine entre son frère et lui :
Que faire ? d'Olinval [1], pour comble d'infortune,
Me rapportoit encor sa tendresse importune...
Non, tout ce qu'en prison j'avois souffert de maux ;
Non, ces nuits sans sommeil ; non, ces jours sans repos,
L'horreur de voir à tort ma vertu soupçonnée,
D'être par mon époux trahie, abandonnée,
Tout cela n'étoit rien près de mon embarras :
Gange en ce temps encor s'arracha de mes bras.
Je ne sais si mon cœur, alors qu'il vint m'apprendre
Ce voyage fatal qu'il devoit entreprendre,
Pressentit le destin qui m'alloit accabler,
Mais mon sang se glaça ; je ne pus lui parler :
Tout mon cœur frissonnoit de secrètes alarmes,
Je poussois des soupirs, mes yeux fondoient en larmes,
Et je crus même entendre une plaintive voix
Me dire en l'embrassant : C'est la dernière fois.

Il partit ; et, le front tout rayonnant de joie,
Déjà ses deux rivaux croyoient tenir leur proie.
En vain je me voulus dérober à leurs yeux ;

---

1 Le chevalier de Gange.

Partout je retrouvois leur visage odieux.
Avant-hier enfin, de tristesse abattue,
Après l'aurore au lit je me vis retenue.
Je jette, en m'éveillant, les yeux autour de moi :
Ils étoient à mes pieds : jugez de mon effroi...
J'étois seule, on avoit écarté mes suivantes.
Que faire ? hélas !... « Répondre à nos flammes brûlantes,
Me crioient-ils tous deux, madame, ou bien mourir :
Il n'est plus de retard, parlez, il faut choisir. »
Et tout en me parlant, d'Orme, d'un air farouche,
L'œil en feu présentoit une coupe à ma bouche :
Je la saisis, je feins d'en boire le poison,
J'implore les secours de la religion :
D'Orme va les chercher ; et moi, dans son absence,
J'ose de d'Olinval invoquer la clémence ;
Je m'élance à ses pieds que je baise en pleurant :
« Si la vertu sur vous a le moindre ascendant,
Si vous aimez un frère à qui l'hymen me lie,
Si vous m'aimez moi-même, accordez-moi la vie. »
Mes larmes, mon effroi, la pâleur de mon teint,
Ce trouble attendrissant qui m'agitoit le sein,
Ce pouvoir que mon sexe a sur l'homme sensible,
Tout sembloit adoucir ce lion inflexible :
J'allois tout obtenir, il répandoit des pleurs :
D'Orme rentre, il le voit partager mes douleurs ;
Et, sans l'importuner d'un reproche inutile,
Terrible, un glaive en main, l'œil de rage immobile,
Fond sur moi, de vingt coups me déchire le flanc,
Fuit, emmène son frère, et me laisse en mon sang
Me traîner en criant : Au secours ! on me tue !
Je mourois : on arrive, et je suis secourue :

Mais en vain ; c'en est fait, mon trépas est certain :
Tous mes coups sont partis d'une trop sûre main.
Ce n'est que pour souffrir que je respire encore. :
Le ciel, entre un époux qui m'aime et que j'adore,
Entre ma mère et moi, va de l'éternité
Élever malgré nous le rempart redouté.
Nous ne nous verrons plus, nous qui n'étions qu'une âme
Vous n'avez plus de fille, et Gange plus de femme :
Moi, je vous perds tous deux, et j'emporte en mourant
La douleur d'affliger ma mère et mon amant.
Mon amant ! en prison par lui je fus plongée,
Il me persécuta, je dois être vengée ;
Ah ! je le serai trop... on va le soupçonner
De m'avoir fait, hélas ! lui-même assassiner,.
Et sans autre raison que mes pleurs, que mes peines
Peut-être sera-t-il chargé d'horribles chaînes,
Comme un vil criminel traîné dans un cachot ;
Que vous dirai-je enfin ? conduit sur l'échafaud !
Ah, ma mère ! mais non, vous prendrez sa défense :
Allez aux magistrats prouver son innocence ;
Montrez-leur cet écrit : c'est votre fille en pleurs,
C'est moi qui vous en prie au nom de mes douleurs.
Lisez, contez-leur tout d'une bouche fidèle ;
Dites... mais pardonnez, déjà ma main chancelle,
Tout mon corps se roidit, je me sens assoupir,
J'expire, et c'est pour vous qu'est mon dernier soupir.

HÉROÏDE III

LE CRIMINEL

D'ORVAL A MÉLIDOR [1]

S'IL est possible encor de t'arracher au crime,
De retenir tes pas sur les bords de l'abîme ;
Si, des plaisirs déjà savourant le poison,
Ton âme n'est point sourde aux cris de la raison ;
O mon cher Mélidor ! permets que je t'éclaire,
Ouvre un moment les yeux sur le destin d'un frère,
Vois jusqu'où m'a conduit la soif des voluptés,
Pleure-moi, plains mes maux que j'ai trop mérités,
Et tremble de marcher sur les pas d'un coupable.
Mon exemple est terrible, et mon crime exécrable.
L'amour et l'amitié, l'hymen, l'humanité,
L'honneur, les lois, le ciel, je n'ai rien respecté,

---

1. Cette troisième héroïde fait également partie du *Début poétique.*

J'ai tout trahi ; je suis un monstre sanguinaire,
Dont le fer d'un bourreau doit délivrer la terre.
Malheureux ! je frémis en songeant à mon sort,
Le seul nom de mon crime est l'arrêt de ma mort ;
Et l'instant précieux que j'emploie à t'instruire
Est le dernier peut-être où je pourrai t'écrire !...
Ces chaînes, ces prisons, que le coupable en pleurs
Remplit à tous moments du cri de ses douleurs,
Ces échafauds honteux dressés pour son supplice,
Tout ce que pour punir inventa la justice
Menace incessamment mes regards éperdus :
Mais mon trépas n'est rien s'il te rend aux vertus.
Non, ce n'est point les fers, la perte de ma vie,
Ce n'est pas même un nom marqué d'ignominie
Que redoute ton frère au repentir livré :
Il tremble de mourir sans t'avoir éclairé.
La vérité, longtemps à moi-même inconnue,
Sur les bords du tombeau brille enfin à ma vue :
Mais son jour trop tardif est déjà vain pour moi ;
Et s'il me sert encor, c'est pour voir plein d'effroi
Le repos, le bonheur que m'a ravi le crime,
Et les tourments affreux dont il me rend victime.
Qu'il passe donc en toi, ce jour si redouté ;
Je te laisse, en mourant, pour bien la vérité.
Vois combien aisément on tombe au précipice :
Les charmes du plaisir sont le masque du vice ;
Sous ces dehors trompeurs il éblouit nos yeux ;
D'abord foible, on finit par être vicieux.

J'avois, il t'en souvient, des vertus en partage ;
Mes crimes du plaisir ont tous été l'ouvrage.

Tendre ami, riche affable, et guerrier valeureux,
Je servis mon pays, j'aidai les malheureux ;
Et le poste éclatant que j'occupe à l'armée,
Je le tiens de mon bras et de ma renommée :
Heureux si j'avois su gouverner mes penchants !
Les passions pour nous sont d'aimables tyrans.
D'un sexe impérieux adorateur volage,
De beautés en beautés je portois mon hommage.
Ma naissance, mon nom fameux par les combats,
Ce faste éblouissant qui marchoit sur mes pas,
D'un peuple de Phrynés chatouilloit l'avarice ;
Et leurs charmes trompeurs, aidés par l'artifice,
Dans mon cœur, dévoré par la faim du désir,
Versoient en même temps le vice et le plaisir.
La raison, mais en vain, me découvroit l'abîme ;
Je courois au bonheur sur la route du crime :
Ce juge redouté qui tonne au fond des cœurs,
La conscience, en moi s'armant de traits vengeurs,
S'indignoit, combattoit, me gourmandoit sans cesse ;
Je noyois mes remords dans les flots de l'ivresse :
Des bras d'une Laïs, bientôt vil suborneur,
J'allai de l'innocence attaquer la pudeur ;
Et du titre d'épouse abusant sa tendresse,   ·
Je lui ravis l'honneur, et ris de sa foiblesse :
Et tu ne tonnois pas, grand Dieu ! que tardois-tu ?...
Ma mort étoit trop peu pour venger la vertu :
Il me manquoit encore un titre à ta colère !
Oui, celui d'assassin, oui, celui d'adultère.
J'avois tranchi la borne ; et coupable une fois,
L'homme pour s'arrêter ne connoît plus de lois :
Raison, gloire, amitié, religion, nature,

J'avois tout oublié, tout ; et mon âme impure,
Si ta mort eût comblé son plus léger désir,
Auroit de ton sang même acheté le plaisir ;
Dusses-tu me haïr, non, je ne puis le taire,
L'amour à cet excès m'eût rendu sanguinaire :
De mon plus cher ami devenu le bourreau,
Monstre, j'ai bien osé le plonger au tombeau,
Lui dont j'avois séduit la moitié si chérie !
Lui qui dans Fontenoi me conserva la vie !
Mais sois instruit de tout, vois jusqu'aux moindres traits :
Qui peut craindre un moment d'avouer ses forfaits,
Qui peut les excuser chérit encor le crime.
Accable qui voudra d'un mépris légitime
Un malheureux rendu la honte de son sang,
D'autant plus criminel que plus noble est son rang ;
Je n'en murmure point : toi-même, toi, mon frère,
Tu dois me détester, si la vertu t'est chère.
Mon frère ! Ce doux nom m'est-il encor permis ?
A l'échafaud voué, mes parents, mes amis,
Doivent me rejeter, doivent me méconnaître.
Je suis le déshonneur du sang qui m'a fait naître ;
J'ai perdu jusqu'au droit d'exciter la pitié :
Tout de moi jusqu'au nom, tout doit être oublié.
Voilà, cher Mélidor, voilà ce qu'il m'en coûte
Pour avoir des vertus abandonné la route !
Mes jours !... ah ! que ne puis-je encor les réparer !
Mais je n'ai qu'un instant... qu'il serve à t'éclairer.
Vois enfin, vois, mon frère, où l'amour nous entraîne
Et tremble si jamais tu gémis dans sa chaîne.
Que ne puis-je t'armer contre ses faux attraits !
Il promet le bonheur, et nous mène aux forfaits.

Ah! si tu connoissois le prix de l'innocence!
Si tu pouvois savoir quelle est sa récompense!
Crois-moi : nul ne sait mieux combien vaut la vertu
Que l'homme criminel, quand il s'est reconnu.

Une aimable sirène avoit su me séduire :
Mes vœux étoient fixés; heureux sous son empire,
Je m'en croyois aimé : l'ingrate me trahit.
En proie à ces fureurs qu'allume le dépit,
Je jurai d'abhorrer tout son sexe perfide.
L'amitié désormais devoit être mon guide;
Je voulois asservir mon cœur à la raison.
Bélidor à Paris m'ouvre alors sa maison :
Peu content qu'à son bras ton frère dût la vie,
Au rang de ses amis ce vieillard m'associe.
C'est dans mes entretiens qu'il cherchoit ses plaisirs;
Et les siens jusqu'alors bornant tous mes désirs,
Commençoient à verser le repos dans mon âme,
Quand, par lui présenté, je vins devant sa femme :
Sa femme!... Ah, Mélidor!... A peine en son printemps...
Je la vois... C'est Vénus... Malgré tous mes serments,
Je brûle, je languis, je ne puis plus m'en taire...
Je n'examinai point si ma flamme adultère
Outrageoit un ami qui m'accabloit de biens,
Si sa femme pouvoit, perfide à ses liens,
Sans flétrir son honneur, répondre à ma tendresse;
Mon âme ne songea qu'à fléchir ma maîtresse.
Je déclarai mes feux, ou plutôt ma fureur.
Mon criminel aveu fut payé de bonheur...
J'en jouis... Et l'époux de ma coupable amante
Admirant sur mon front la gaieté renaissante,

Pour être défiant, hélas ! trop vertueux,
Peut-être à l'instant même où, cédant à mes feux,
Où, souillant son honneur, j'allois, monstre farouche,
Porter insolemment l'adultère en sa couche,
Peut-être qu'il songeoit à son indigne ami,
Heureux de voir enfin mon repos affermi...
Et moi, moi, Mélidor... Cette seule pensée
Doit fermer à mes pleurs ton âme courroucée.

Cependant Bélidor s'avance un jour vers moi :
« Mon ami, me dit-il, je suis sûr de ta foi ;
Mais il transpire un bruit. Tu vois mes pleurs, pardonne ;
Il faut nous séparer : c'est l'honneur qui l'ordonne.
Ne me crois pas atteint du plus léger soupçon,
Nous nous verrons toujours... mais hors de ma maison. »
Je promis tout, mon frère, et peut-être mon âme
Auroit-elle à la fin triomphé de sa flamme.
Je rougis, j'eus horreur d'outrager l'amitié :
Célimène m'écrit, et tout est oublié.
Mais par sa lettre même assuré de mon crime,
Bélidor en fureur attendoit sa victime.
Je vais au lieu marqué... Te le dirai-je, hélas !
Vingt fois près d'arriver, retournant sur mes pas,
Je reviens, je m'éloigne : une voix effrayante
Me crioit d'un côté : « D'Orval, fuis ton amante ;
Regarde son mari, brûlant de se venger,
S'attacher à tes pas, tout prêt à t'égorger ; »
D'un autre, de l'amour la voix enchanteresse
Me peignoit le plaisir, m'invitoit à l'ivresse.
L'amour fut obéi ; déjà... Mais son époux
Entre le fer en main et s'élance sur nous,

Terrible, l'œil en feu, versant des pleurs de rage,
Et déjà du regard punissant qui l'outrage :
« Ingrat, il est donc vrai, je vois ta trahison ;
Pour me déshonorer je t'ouvris ma maison :
Viens, lâche, me dit-il ; viens, et défends ta vie
Du front dont tu couvrois Bélidor d'infamie.
Je t'aurois pardonné de m'arracher des jours
Dont bientôt la vieillesse interrompra le cours ;
Mais me ravir l'honneur !... Prends tes armes : si l'âge,
Blanchissant mes cheveux, a glacé mon courage,
S'il m'a ravi la force, il me reste le cœur ;
Et si je meurs, au moins mourrai-je avec honneur. »
Te peins-tu ma rougeur, ma honte, ma surprise,
Ce vieillard dont l'aspect m'accable et me maîtrise,
L'embarras de sa femme et ses cris superflus ?
Pardonne... hélas ! d'Orval ne se connoissoit plus.
Nous fondons l'un sur l'autre, et mon ami succombe...
Et c'est sous mes efforts !... Grand Dieu !... le voile tombe :
Je le vois à mes pieds, défiguré, sanglant ;
Je me suis élancé sur son corps expirant,
Je le serre en mes bras, et de ma bouche impure
Pour étancher son sang je couvre sa blessure ;
Je pleure, appelle en vain des secours trop tardifs :
La chambre retentit de mes discours plaintifs ;
Bélidor ! Bélidor ! ah ! rouvre la paupière,
Dis au moins, dis avant de quitter la lumière,
Dis que ton cœur pardonne au malheureux d'Orval.
Réponds-moi, mon ami !... Vains accents ! coup fatal !
Il n'est plus, et je vis ! et je suis l'homicide
De ce foible vieillard !... Moi... son ami !.. perfide !...
Le désespoir m'enflamme, et d'un bras affermi

J'ai pris ce glaive teint du sang de mon ami ;
J'en veux percer mon cœur... Son épouse m'arrête.
« Retire-toi, barbare, ou tremble pour ta tête.
Vois ce corps, vois ce sang répandu par mes coups ;
C'est le sang d'un ami, c'est le sang d'un époux,
Femme ingrate et cruelle ! et tu veux que je vive ?
Ah ! rends-lui donc le jour dont ma fureur le prive...
Ou plutôt prends ce glaive, et sur ce corps fumant,
Si tu l'aimes encor, viens, égorge un amant
Qui ne peut plus te voir, qui maudit la lumière :
Je t'en prie à genoux ; c'est la grâce dernière
Que désormais je veuille exiger de ta foi ;
Ma mort est un bienfait que j'espère de toi... »
En vain, pour apaiser le trouble de mon âme,
Elle attestoit encor nos plaisirs et sa flamme.
« Moi, céder à tes vœux ! répondre à tes transports !
Regarde ce cadavre... et connois mes remords :
Va, porte ailleurs tes feux, tes caresses, tes larmes,
Barbare ; laisse-moi : périssent tous tes charmes ! »

Je sors tout agité d'un trouble furieux ;
Le tableau de ma vie étoit devant mes yeux,
J'y lisois les horreurs dont j'ai souillé ma gloire :
Tous mes crimes enfin accabloient ma mémoire.
Plein de haine pour moi, n'osant plus me montrer,
Moi-même aux magistrats je courois me livrer,
Quand mes amis tremblants, alarmés pour ma vie,
M'entraînent avec eux loin de l'ignominie.
Je viens dans cet asile ; et, depuis ces moments,
Solitaire, j'y vis dans le sein des tourments.
Le vautour tourmenté d'une faim dévorante

Acharne moins son bec à sa proie expirante,
Que le remords ne poigne et déchire mon cœur.
Toujours sombre, farouche, et couvert de pâleur,
Je sèche, je languis au milieu des alarmes ;
Je me nourris de fiel, je m'abreuve de larmes ;
J'invoque le sommeil, et le sommeil me fuit ;
Mon œil blessé du jour voit à regret la nuit ;
Je voudrois me cacher à la nature entière,
M'enfoncer tout vivant dans le sein de la terre,
Et, m'éloignant d'un monde où je suis trop connu,
Le forcer d'oublier que d'Orval a vécu.

Souvent, croyant tromper l'ennui qui m'inquiète,
J'erre dans ces jardins qui bordent ma retraite :
L'ennui marche avec moi ; tout est noir à mes yeux ;
Un nuage éternel me dérobe les cieux ;
L'onde frappe mes sens d'un lugubre murmure ;
L'horreur qui règne en moi s'étend sur la nature.
La crainte est dans mon cœur, le trouble en mon esprit ;
Partout en traits de sang mon forfait est écrit[1].

Quelquefois, espérant désarmer sa colère,
Prosterné devant Dieu, je lui fais ma prière :
« Toi qui vois mes remords, qui sais mon repentir,
Qui peux finir mes maux ou bien m'anéantir,
Il en est temps, grand Dieu ! consulte ta clémence,
Ou, le tonnerre en main, consomme ta vengeance :
Coupable, hélas ! d'Orval dut être châtié ;

---

1. Voilà des vers qui peignent bien les terreurs du crime.

(FR.)

Malheureux maintenant, j'ai droit à ta pitié. »

Mais ce Dieu courroucé, prêt à me mettre en poudre,
Pour réponse à mes vœux me présente la foudre.
Sur la terre aussitôt je tombe plein d'effroi,
Et la terre, en grondant, semble s'ouvrir sous moi.
Je me lève égaré... des spectres m'environnent ;
J'erre, je fuis, j'entends des accents qui m'étonnent ;
Je m'arrête, j'écoute... et soudain Bélidor
Me découvre son sein de sang tout rouge encor ;
Il me montre en pleurant sa blessure mortelle :
« Vois l'ouvrage, dit-il, de ta main criminelle ;
Mon amitié, tes jours que mon bras défendit,
Tant de dons que sur toi ma bonté répandit,
Regarde, ils ont produit cette reconnoissance :
Tremble, le juste ciel va remplir ma vengeance. »

Il disparoît, et moi je le suis à grands pas ;
Je le rappelle en vain ; j'ouvre, je tends les bras ;
Je l'embrasse, il s'échappe, et je le suis encore :
Chère ombre, ô mon ami !... tu fuis, et je m'abhorre !
Viens, parle, entends ma voix, qu'exiges-tu? mon sang ?
Vois-le couler, ce fer va déchirer mon flanc.
Un moment ; chez les morts je suis prêt à te suivre...
Hélas ! c'est mon désir, mais on me force à vivre ;
Les lois, Dieu me défend, par un ordre cruel,
De porter en mon cœur moi-même un fer mortel ;
Mais quand du haut du trône où s'assied la justice
J'entendrai prononcer l'arrêt de mon supplice,
Rien ne peut m'arracher à ce juste dessein...
D'un bras ensanglanté je percerai mon sein...
Eh ! qu'importe, mon frère, à l'État, au ciel même,

Quand les vengeurs des lois, par un ordre suprême,
Condamnent un coupable à descendre au tombeau,
Que son glaive l'y plonge, ou le fer d'un bourreau ?
Je vengerai les lois, je punirai mes crimes ;
Mais je ne veux point être une de ces victimes
Qui, mourant au grand jour d'un infâme trépas,
Servent d'exemple à ceux qui marchent sur leurs pas.
Ah ! qu'il en coûte au cœur qui perd son innocence !
Mais qu'entends-je ?... un bruit sourd... et vers moi l'on s'avance !
C'en est fait, malheureux !... mon asile est connu.
La liberté, l'honneur, pour moi tout est perdu !
Que faire ?... me défendre ? ou m'arracher la vie ?
Me défendre... est un crime... ah ! fuyons l'infamie...
Qu'est devenu mon fer ?... frappons, j'en ai le temps...
Mais le bruit a cessé... rien ne s'offre à mes sens...
Vivons... Ah ! Mélidor ! quel démon me tourmente ?
La feuille qui frémit me glace d'épouvante.
Je demande, je crains tout à la fois la mort.
Quand verrai-je, ô mon Dieu ! le terme de mon sort ?
Ces remords, ces combats, ces tourments, ces alarmes,
N'auront-ils point de fin ? point de trêve à mes larmes ?

Venez, venez me voir, vous qui dans les plaisirs
Apaisez sans terreur la faim de vos désirs ;
Approchez, contemplez ce corps pâle et livide,
Ces yeux creux et flétris, ce front que l'ennui ride,
Ce cœur par les remords percé, mis en lambeaux :
L'amour des voluptés a causé tous ces maux.
Et toi, mon frère, et toi... que toujours mon image
Soit présente à tes yeux, t'écarte du naufrage...
Par les tourments affreux dont je suis abattu,

Présume le bonheur dont jouit la vertu...
Ah ! si je revivois, mes jours tissus de crimes,
Qu'ils seroient innocents !... Souhaits illégitimes !
Adieu, mon frère, adieu... je t'ai tout révélé...
Sois heureux, surtout sage, et je meurs consolé.

DIATRIBE

AU SUJET,

DES PRIX ACADÉMIQUES

DIATRIBE

AU SUJET

DES PRIX ACADÉMIQUES

MONSIEUR[1],

J E me promenois ces jours passés dans une forêt
voisine de Paris, seul, les tragédies de Racine en
main. J'étudiois l'art de penser et d'écrire en vers,
dans ces antiques chefs-d'œuvre qu'on lit encore avec
avidité lorsqu'on les sait par cœur. Ce plaisir me
faisoit oublier les langueurs de ma santé, et char-
moit l'ennui de ma promenade solitaire. Un jeune
homme, prétendu poëte, errant dans cette forêt, je

1. Cette diatribe fut adressée, en 1777, par l'auteur, à
Fréron le fils, qui l'inséra dans son *Année littéraire*. Elle est
particulièrement dirigée contre les ouvrages en vers de La
Harpe couronnés par l'Académie française.

ne sais par quel hasard, le front rehaussé d'une couronne académique, daigna m'apercevoir et même
m'aborder. « Eh bien, me dit-il d'une voix haute avant
de me saluer, cadençons-nous toujours des vers ? »
Je le connoissois à peine : surpris qu'il ne s'informât
point de ma santé, selon l'usage, je voulus lui faire
sentir le ridicule de ce début pédantesque. Je lisois
d'ailleurs sur son front, dans ses yeux, l'impatience
de réciter des vers nouveau-nés qui pesoient à sa
mémoire, et j'étois fort aise de m'épargner le tourment de les entendre. « Monsieur, lui répondis-je, je
suis depuis longtemps valétudinaire. — Nous avons
fait au moins de la prose pour le concours de cette
année ? — Monsieur, hier encore je pensai mourir.
— J'arrive de la campagne, où j'ai poli quatre épîtres philosophiques pour le concours de l'année prochaine ; maintenant je me délasse à composer une
tragédie. — Monsieur, mon médecin m'ordonne les
bains et l'exercice. — Vous tournez assez bien le vers ;
je suis jaloux de votre suffrage : je vais vous lire une
épître sur la chimie dans ses rapports avec l'éloquence. Ce sujet sans doute vous paroît admirable et
bien académique ? » Il me fut impossible d'échapper
au supplice d'entendre cette lecture que j'avois d'a-
bord mais vainement prévue. Son ouvrage récité, je
gardois le silence. « Qu'en pensez-vous ? me dit-il ; ces
vers ne sont-ils pas supérieurement tournés ? » Je lui
parlai encore de ma santé languissante ; mais il avoit
juré de ne point comprendre mes plaisanteries, et ne
s'apercevoit pas de ma répugnance à converser avec
lui sur des objets littéraires. Ivre de ses vers, se pro-

diguant lui-même l'encens que je ne lui donnois pas, sans cesse il répétoit des tirades de son éternelle épître, comme pour avertir les passants qu'il étoit auteur. Je tentai plusieurs fois encore de détourner la conversation sur des choses étrangères à la poésie ; mais quand je lui disois : Convenez, monsieur, que ce bois est magnifique, il me répondoit, l'Académie aime les beaux vers. Enfin, désespérant d'engager ce candidat philosophe à changer d'entretien, je me vis à regret forcé de parler d'un art que tout le monde cultive aujourd'hui, et que peu de personnes étudient sérieusement.

J'ai perdu quelques jours à coucher sur le papier notre conversation ; j'ai cru qu'elle pouvoit être utile. Si vous la jugez intéressante, je vous prie, monsieur, de la publier dans vos feuilles.

Le poëte lauréat continuoit d'effrayer les oiseaux de ses vers ; je l'interrompis, et, lui montant les chefs-d'œuvre que j'avois dans les mains, et qui m'accompagnent toujours dans mes promenades écartées, je lui dis froidement : « Pour moi, monsieur, je ne compose plus depuis que je sais étudier ; mais si le besoin d'occuper et d'exercer mon esprit réveille jamais ma première manie, je me garderai surtout de rimer des épîtres pour les combats académiques. Ce n'est pas la crainte de trouver des juges prévenus ou injustes qui m'a fait embrasser cette sage résolution ; je sais que nos sénateurs littéraires se piquent d'une justice incorruptible. Jamais les prix ne sont décernés avant que le concours soit ouvert ; jamais les combattants n'ont été d'avance connus de leurs juges ;

jamais aucun des pairs du Parnasse ne s'est complai-
samment chargé de lire lui-même, en présence de
l'assemblée fatale, l'ouvrage d'un protégé, de le prôner, de le ramener sur le tapis vert, lorsqu'à la plu-
ralité des voix cet infortuné poëme auroit été
proscrit; jamais l'esprit de parti n'a fait rejeter les productions d'un insurgent anti-philosophe; non, jamais
mesdames telles, qu'on accuse faussement de tenir
bureau de philosophie, n'ont arrhé les suffrages du
parlement littéraire en faveur d'un adepte nouveau-né.
Ces faits sont incontestables; si les railleurs les nient,
les railleurs ont tort; vous le savez, monsieur, vous
qui fûtes si justement couronné. Mais des motifs fon-
dés sur un amour-propre bien entendu, des réflexions
saines sur la nature des ouvrages en vers que l'Académie honore de sa préférence, une foule de raisons
plus puissantes les unes que les autres, décideront
toujours l'homme jaloux d'une vraie gloire, et qui
s'intéresse au sort de la poésie, à ne point se battre
avec une troupe d'enfants pour la médaille périodique...

— Qu'il ne sauroit obtenir.

— Peut-être : mais daignez m'accorder un moment de silence; je n'ai point de vers à vous lire.
Vous êtes persuadé sans doute que les couronnes littéraires sont très utiles aux progrès de la poésie?

— Eh! qui n'en seroit pas convaincu? Les prix
académiques enflamment la jeunesse lettrée d'une
noble émulation; les prix académiques sont des récompenses encourageantes pour le génie naissant;
les prix...

— Point d'éloquence académique ; raisonnons sans
enthousiasme. Cette noble émulation que répand sur
le Parnasse l'espérance d'obtenir le rameau d'or a-
t-elle enfanté quelque génie extraordinaire, vous
excepté ? a-t-elle produit un ouvrage cité avec honneur dans les fastes de la poésie, votre épître excep-
tée ? Nommez les athlètes illustres dont la force
poétique s'est développée, s'est affermie dans l'arène
académique, vous encore excepté ? On remarque depuis longtemps que ces palmes annuelles ne sont
jamais échues qu'à des talents médiocres, vous encore,
vous seul excepté ? Cette observation constante prouve
seule l'inutilité de vos jeux littéraires. Des talents
médiocres feront-ils marcher la poésie française vers
sa perfection ?

Mais pour qui sont fondées ces couronnes ? est-ce
pour des poëtes ? est-ce pour des écoliers ? Si c'est
pour des poëtes, pourquoi l'Académie n'assigne-t-elle
pas à leur muse des sujets dignes de l'attention publique, et dont l'importance ou la difficulté puisse
honorer les plumes savantes qui voudront les traiter ?
Si c'est pour les écoliers, comme leurs juges le pu-
blient toutes les années, je vous le demande, monsieur, est-il décent que les chefs au moins apparents
de notre littérature soient chargés de couronner avec
pompe, en présence de l'élite de la nation assemblée,
des empereurs de collège ? Ainsi donc ces prix si
vantés ne sont pas seulement indifférents aux progrès
de la poésie, mais ils dégradent encore les nobles
mains qui les dispensent. Maintenant dites-moi s'il
sied à l'homme sensé de descendre dans ce champ

clos littéraire, et d'y perdre des lances dont il peut faire un usage plus utile à sa réputation ?

L'apprenti philosophe me regardoit du haut de son orgueil, et, dans sa colère académique, il me dit avec un air de mépris :

Je reconnois l'envie à ce discours critique.

— Vous devez, monsieur, reconnoître la vérité et l'amour d'un art que je vois à regret courir vers sa chute, accélérée encore par cette émulation corruptrice qu'inspire aux jeunes auteurs le désir universel de conquérir une pomme dans ce jardin des Hespérides. Cette ambition puérile enracine de plus en plus le mauvais goût, dont le champ de la poésie est généralement infecté. En effet, parcourez les ouvrages en vers honorés du suffrage de l'Académie, depuis qu'un laurier, prétendu immortel, croît tous les ans au Louvre, quoique tous les ans moissonné ; que verrez-vous ? Des déclamations vagues, sans dessein, sans liaison, sans but ; des rapsodies plates ou emphatiques, qui ne peuvent être appliquées à aucun genre ; des poëmes bâtards auxquels les auteurs eux-mêmes ne sauroient donner un titre, un nom qui leur soit propre. Ces vérités n'ont pas besoin de preuves ; faut-il cependant vous les démontrer par des exemples ? Choisissons les ouvrages fameux, au moins par leurs disgrâces, de ce poëte putatif qui, de prix en prix et de chute en chute, est tombé dans l'Académie. Comment appellerez-vous sa déclamation intitulée *le Poëte ?* Elle est, s'il m'en souvient, dé-

corée du modeste nom d'épître ; mais ce poëme hermaphrodite est écrit tantôt du style de l'épopée, tantôt
du style de la tragédie, souvent du style de la satire. Or la simplicité, qui toutefois n'exclut pas la
noblesse, doit caractériser le style de l'épître, ennemie de l'emphase : cette pièce n'est donc point une
épître. Chaque genre a son style particulier ; les
mêmes pensées doivent être exprimées différemment
dans des ouvrages d'un genre différent ; tel mot est le
mot propre dans une tragédie, qui ne l'est point dans
une épître. Ces règles, fondées sur le bon sens, sont
aujourd'hui trop oubliées, surtout par M. de La Harpe,
qui cependant, de dix jours en dix jours, régente par
extraits la haute et basse littérature[1]. Tous les écrits
du siècle ont la même physionomie, la même couleur, le même ton. Une fausse élévation règne également dans toutes nos poésies. On craint de donner
à son style cet air de familiarité noble ou naïve que
les anciens recherchoient, et toujours inséparable
du vrai, du naturel, et du sublime. Gardez-vous de
croire que cette familiarité de style rejette la nou-
veauté des expressions ou l'audace des métaphores.
N'avez-vous pas cent fois observé que le peuple
même emploie dans la conversation des mots si har-
dis, si originaux, qu'ils vous paroîtroient encore présomptueux dans un ouvrage du genre le plus élevé ?
Mais le style peut être emphatique sans être original
ni hardi. Tel est le style de cette déclamation épis-
tolaire dont je vous parle. D'ailleurs a-t-elle un but

1. Le *Mercure* paraissait alors régulièrement tous les dix jours.

13

marqué? Oui sans doute, répondra M. de La Harpe ;
c'est de montrer les *caractères* distinctifs du poëte,
les signes auxquels on doit le reconnoître. Oh! le
plaisant auteur, qui d'un sujet d'ode va faire une
épître ampoulée. Et cette pièce de lignes mal rimées
sur la navigation, quel nom lui donnerez-vous? M. de
La Harpe a bien pu la baptiser du nom fastueux d'ode ;
mais le style, la marche, le plan, le sujet même de
cette rapsodie annoncent-ils une ode? A la vue de
ce titre vague, *La Navigation,* vous imaginez d'abord
que l'auteur va composer un poëme didactique ou
quelque traité sur la marine. M. de La Harpe a beau
s'écrier sans cesse. *Qu'entends-je? que vois-je?* le lecteur lui répond : J'entends, je vois un rimailleur qui
n'a jamais soupçonné les premiers éléments du genre
lyrique. Peindre est l'objet général de la poésie ;
chanter est l'objet particulier de l'ode : cette sorte
de poëme exclut les sujets d'une vaste étendue, tels
que la navigation, parce que l'enthousiasme du poëte
ne pouvant se soutenir longtemps, une ode doit être
nécessairement courte. Aussi voyez-vous dans les
anciens des odes d'un genre élevé qui n'ont pas
trente vers. Les sujets qui jettent inévitablement
l'auteur dans une foule de descriptions continues,
qui l'entraînent dans un amas ridicule de définitions
métaphysiques, de sentences morales, sont également
réprouvés par ce genre. Aussi je me garderai bien
d'imiter ces rimeurs qui se tuent à composer des
odes sur l'ambition, la jalousie, l'enthousiasme, etc.
La Motte a toujours choisi de pareils sujets, et La
Motte a toujours rimé des odes médiocres. L'ode

doit être une espèce de drame; le pathétique est
l'âme de ses chants. C'est là qu'il faut étaler la pompe
des images, l'audace des mouvements et des expressions, l'harmonie des périodes; c'est là que

Tout oser est le droit du peintre et du poëte.

Le voyage de Colomb peut fournir la matière
d'une ode; un homme plus instruit que M. de La
Harpe, qui ne cesse, d'étaler dans sa gazette l'affiche
du savoir, eût choisi ce sujet. Alors les détails de la
navigation entreroient dans le corps de l'ouvrage,
comme des ornements accessoires; les descriptions,
ménagées avec art, seroient, comme elles doivent
l'être en effet, une sorte de délassement pour le poëte,
fatigué d'une inspiration trop suivie, et pour le lecteur, souffrant de le voir sans relâche lutter avec le
dieu qui l'agite et l'opprime. Autant de fois que vous
ne prendrez pas pour guides ces principes invariables,
autant de fois vous ferez, au lieu d'une ode raison-
nable, une déclamation puérile et semblable à celle
que M. de la Harpe a rimée sur la navigation.

Il est inutile de vous citer tous les ouvrages couronnés qui sont des monstres académiques, sans
forme et sans nom. On ne doit pas être étonné qu'un
essaim de jeunes auteurs, qui font d'abord des vers
par manie, ensuite par habitude, sans avoir jamais
étudié l'art difficile qu'ils dégradent; on ne doit pas
être étonné, dis-je, qu'ils produisent au concours des
avortons de poëmes, dont personne ne peut deviner
e genre et le dessein : mais ce qui surprend les gens

de goût, c'est de voir l'Académie justifier ce désordre littéraire, en accordant une préférence scandaleuse à ces poésies vagues et sans objet. C'est ainsi qu'elle a rendu funeste aux lettres une institution qui pouvoit contribuer à leurs progrès. Ces jeunes auteurs étoient nés peut-être avec de grands talents pour la poésie ; mais vos couronnes ont tenté leur ambition. D'abord ils ont perdu un temps précieux pour l'étude à combattre infructueusement. Dominés par cette fausse idée, qu'un prix obtenu peut commencer une réputation, impatients de leur obscurité, irrités par leurs défaites, ils se sont obstinés dans leur ambition ; et pour vaincre ils ont cherché à modeler leurs ouvrages sur les ouvrages victorieux, à conformer leur goût au goût de leurs juges. Une victoire leur a donné le désir d'une autre victoire. Ainsi, de prix en prix, ils ont vieilli en faisant des efforts pour corrompre leur goût, et sont parvenus en effet à dépraver les talents dont la nature les avoit enrichis. Je vous parle, monsieur, avec franchise ; vous pouvez dénoncer un jeune audacieux à la vengeance de l'Académie : je la respecte infiniment ; mais plus je l'honore, plus je dois croire qu'elle me pardonnera mon zèle pour la poésie. Je suis même persuadé que plusieurs de ses membres gémissent comme moi sur le mauvais goût des ouvrages qui sont soumis à leur décision. Si toutefois ils s'offensent, par esprit de parti, de ces observations que vous pouvez leur communiquer, j'en suis consolé d'avance.

J'aime beaucoup Platon, mais plus la vérité.

— C'en est trop; quelle rage avez-vous de diffamer nos couronnes? et que vos diatribes sont longues !

— Comme vos épîtres, je l'avoue.

— Ainsi, pour le bien de la poésie, vous proscrivez nos jeux littéraires.

— Non, monsieur, les encouragements pour les gens de lettres ne sont déjà que trop rares. Je souhaite au contraire que vos lauriers croissent avec quelques branches d'or de plus. N'est-il pas scandaleux que l'imprimeur de l'Académie, s'appropriant les ouvrages couronnés, soit pensionné aux dépens des poëtes qu'elle daigne illustrer par son suffrage? Ils combattent pour un prix; ce libraire seul l'obtient. Mais je souhaite en même temps qu'elle rende utiles aux lettres ces luttes poétiques.

Si j'avois comme vous, monsieur, l'honneur d'approcher des immortels, j'oserois leur dire : Souverains seigneurs du Parnasse, il n'est point en votre pouvoir de réformer la génération présente des rimeurs; mais comme la jeunesse littéraire débute presque toujours par solliciter les couronnes dont vous êtes les dispensateurs, vous pouvez former au bon goût une génération nouvelle, et préparer à la poésie un règne plus brillant. Abandonnés à leur génie encore enfant, ces poëtes futurs se perdent sur les traces de leurs prédécesseurs, et n'offrent pour tribut annuel à votre immortelle compagnie que des rapsodies sans nom. Que le sujet et le genre des ouvrages admis aux combats littéraires dont vous êtes les juges cessent désormais d'être libres : les poésies

qui vous seront présentées seront moins vagues, et
le public enfin saura quel nom leur donner. D'ailleurs, quelque grands hommes que vous soyez, vous
êtes hommes enfin ; dans cette multitude d'ouvrages
différents de genre et de sujet, il est presque impossible de choisir celui qui mérite la préférence ; vous
pouvez vous tromper, et, pour être une erreur, un
choix mal fondé ne cesse pas d'être une injustice :
mais quand les athlètes académiques seront assu-
jettis à traiter le même sujet, vous pourrez facile-
ment comparer leurs productions, déterminer celle
dont le mérite sera supérieur au mérite de ses rivales, et vous serez justes plus à votre aise.

L'Académie a, dit-on ses années d'indulgence et
ses années de sévérité [1]. Plus d'années d'indulgence :
l'indulgence nuit aux vrais talents, parce qu'elle les
rend paresseux et moins difficiles sur leurs productions ; les talents médiocres n'en méritent point, il
faut les étouffer : quiconque ne fait point honneur
aux lettres les dégrade.

La rime, appauvrie et méprisée universellement,
réclame votre appui ; elle n'est point un ornement
accessoire dans notre poésie ; une mauvaise rime est
un solécisme en vers. C'est sans fondement que nos

---

1. Dans la séance publique de l'Académie française du
25 août 1772, d'Alembert, en qualité de son secrétaire perpé-
tuel, après avoir annoncé que le prix de poésie qui devait être
adjugé cette année était renvoyé à l'année suivante, déclara
que l'Académie, jusqu'alors très indulgente, était résolue d'être
sévère à l'avenir. « L'indulgence, dit l'illustre académicien,
prévient le dégoût, mais la sévérité prévient le sommeil. »

auteurs rejettent sur elle la monotonie de leurs écrits.
Les Latins rimoient comme nous; si ce n'étoit point
par les sons, c'étoit par la prosodie. Ces dactyles, ces
spondées, qui reviennent sans cesse à la fin de leurs
vers alexandrins, ne sont-ils pas de véritables rimes?
Vengez donc la rime française; accoutumez à son
joug cette jeunesse encore docile; qu'un ouvrage mal
rimé n'obtienne jamais le prix : on peut, sans injustice, présumer plus de talents dans un poëte esclave
de la rime que dans celui qui la néglige, parce que
l'exactitude des rimes annonce un travail obstiné et
la fidélité aux principes des anciens. Mais que la raison soit encore plus sacrée que la rime; rejetez sans
pitié les ouvrages qui n'auront point le style propre
au sujet; que les gens de goût ne soient plus condamnés au supplice de lire des épîtres chantées avec
l'enthousiasme de l'ode, et des odes écrites avec la
simplicité didactique de l'épître. Vous êtes respon-
sables envers la nation du goût des poëtes naissants;
épargnez aux amateurs de la poésie les volumes
d'ennui dont il sont menacés par cette jeunesse, héri-
tière du faux esprit des grands hommes du jour; et
que le plus beau, le plus utile des arts refleurisse par
vos soins.

Le défenseur des prix académiques affectoit de
m'écouter avec indifférence. A ces vaines déclamations, me dit-il, qui ne vous reconnoîtroit pas? Oui,
vous êtes ce satirique qui diffama son siècle en
vers imposteurs. Tous les ouvrages modernes sont
à vos yeux médiocres ou détestables; vous n'aimez
rien.

— Monsieur, c'est que mes ennemis composent et qué mes amis savent lire.

A cette réponse inattendue, il fronça le sourcil, et partit sans me dire adieu.

J'ai l'honneur d'être, etc.

GILBERT.

LE

CARNAVAL DES AUTEURS

OU LES

MASQUES RECONNUS

ET PUNIS

LE
CARNAVAL DES AUTEURS

OU LES

MASQUES RECONNUS

ET PUNIS[1]

Un écrit clandestin n'est point d'un honnête homme :
Quand j'attaque un auteur, je le dois et me nomme.

DEPUIS quinze jours mon corps se refusoit au sommeil : vainement j'avois lu le poëme des *Saisons*, la nouvelle *Iliade franco-gauloise,* les odes du *Pindare gascon*, les *Mélanges* du littérateur-géomètre ; je bâillois, bâillois..... mais je ne pouvois m'assoupir, lorsqu'on m'apporta l'*Éloge de Racine,* ouvrage de

1. Cette pièce fut imprimée à Paris, en 1773, sous la fausse date de Venise, et sous le nom de Gilbert. On a toutefois

M. Anti-Chaleur. J'ouvre la brochure ; à peine mes yeux se sont-ils reposés sur les premières pages, voilà déjà qu'ils se ferment ; je suis endormi. O l'excellente chose que le sommeil ! En vérité, M. Anti-Chaleur, de tous les plaisirs que peuvent causer vos

—

révoqué en doute qu'elle fût de lui. Les lecteurs seront évidemment bien aises de trouver ici les vrais noms des masques ; les voici :

Abbé du Sabbat.	Sabbatier de Castres.
Anti-Chaleur , ...	La Harpe.
Attila	Debelloy.
Auteur de l'*Histoire naturelle*. . . .	Buffon.
Auteur du *Système de la nature* . . .	Diderot *.
Chantre de Pâris	Imbert.
Citoyen de Genève..	J.-J. Rousseau.
D.	Dorat.
D'A.	D'Arnaud.
Foible-Sot	Palissot.
Force-Nature	Saint-Lambert.
Froid-Lambert	D'Alembert.
Impuissant de Sot-Trop	Sautereau de Marcy.
La B.	La Beaumelle.
Littérateur-géomètre.	D'Alembert.
Obscurot du Fatras	Diderot.
Pédant d'Annecy	Biord, évêque d'Annecy.
P.	Le Franc de Pompignan.
Pindare gascon	Sabatier de Cavailhan.
Ronflombombe	Thomas.
Rousseau.	J.-B. Rousseau.
Rudozoi	Durozoi.
Sans-Quartier.	Clément.
Singe de Newton	D'Alembert,
Traducteur lapon des *Métamorphoses*.	Saint-Ange.
Vol-à-terre.	Voltaire.

* Lorsque le *Carnaval des auteurs* parut, l'auteur du *Système de la nature* n'était point connu, et l'on attribuait cet ouvrage à Diderot.

écrits, le sommeil est le plus ordinaire, mais le plus
doux. Combien d'agréables songes vinrent flatter
mon imagination, tandis que je m'abandonnois aux
douceurs de ce repos si longtemps attendu ! D'abord
un labyrinthe immense s'ouvrit devant moi. Cent
portes qui ne se ferment jamais conduisent dans un
temple étroit, bâti dans le milieu de ce palais ma-
gique. Sur le frontispice de la principale on lisoit :
« C'est ici que la Vérité sommeille ». La Vérité sommeille ! Ah ! qu'on s'étonne encore, m'écriai-je, si
tant d'écrivassiers assomment impunément de leurs
productions glacées un public assez indulgent pour
les applaudir, même alors qu'il bâille ; si la place où
Corneille, où Racine, où Despréaux et La Fontaine
furent assis à l'Académie est en proie à leurs Zoïles ;
si ceux qui déshonorent les lettres par leurs cabales,
leurs systèmes et leur ineptie, jouissent sans trouble
du droit de dispenser les réputations ! La Vérité
sommeille ! Ah ! courons la tirer de ce honteux repos.
Que nos auteurs damerets, que nos tyrans philosophes, connoissent enfin leur petitesse. Aussitôt je
m'élance à travers cet édifice ténébreux. L'Espérance,
sous les traits d'une jeune beauté, marche devant
mes pas, portant un flambeau qui m'éclaire dans les
détours sans nombre du labyrinthe. J'arrive enfin
dans le temple. Là je vis le sage auteur de l'*Histoire
naturelle,* qui, tout couvert de laurier, s'élevoit sur
un trône d'airain, fier d'avoir surpris à la Vérité la
plus belle moitié de ses secrets. Le citoyen de Ge-
nève brilloit à ses côtés. Au lieu de cette misanthropie dont l'Europe l'accuse, son visage respiroit

l'aménité, la candeur et la vertu. Je saluai roi de
nos écrivains modernes ce foudre d'éloquence, en
pleurant sur ses erreurs. Vous me demanderez
peut-être si l'auteur du *Système de la nature,* si le
singe de Newton ne s'offrit point à moi dans ce
temple. Mes yeux les cherchèrent l'un et l'autre;
mais je ne fus nullement surpris de ne les y pas
trouver.

Sur un autel d'argile, la Vérité, chargée de lambeaux, reposoit solitaire. Tout son corps saignoit des
blessures innombrables dont la couvrent tous les
jours et les courtisans et les journalistes. Frappé de
cette image, saisi de respect, je demeurai longtemps
immobile. L'Espérance m'enhardit d'un sourire, et
s'enfuit. On m'auroit vu soudain avancer vers l'autel
d'un pas audacieux : « Vengeur du sage persécuté, toi
que les grands haïssent plus encore que les poëtes
ne déteste la satire; toi, la terreur des sots et des
méchants, ô Vérité! déesse tant de fois outragée par
les hommes, n'est-il pas temps enfin de venger tes
injures? Tu dors, et M. Anti-Chaleur fait des vers!
Tu dors, et M. Attila traîne les héros français sur la
scène! Tu dors, et de lâches flatteurs ont chassé
Racine du trône de la poésie pour y placer M. Vol-
à-Terre! Tu dors, tu dors, et M. l'Impuissant de
Sot-Trop s'avise de juger nos poëtes! Attends-tu
pour confondre tes ennemis que M. Rudozoi chausse
encore le cothurne? Ah! si tu crains de paroître dans
les cours, viens du moins avec moi parcourir l'empire littéraire; rends à la fange dont ils sont sortis
ces pygmées qui marchent revêtus de la gloire de

nos demi-dieux ; ou, si tu veux rester dans ce temple
qui te dérobe aux regards profanes, remets entre
mes mains ton flambeau, ton miroir fidèle, et ce
fouet terrible que tu confias au grand Despréaux,
quand il conçut le dessein d'immortaliser par le ridicule et les Cotins et les Pradons. »

Je dis, et la Vérité s'est éveillée. « Heureux téméraire, me répondit-elle, tu seras satisfait ; je te suis. »
Déjà nous sommes loin du labyrinthe. La Vérité me
conduit dans un palais où toute la cour d'Apollon,
masquée, s'étoit rendue pour célébrer certaine orgie
qu'on nomme Carnaval. Les différentes sectes s'é-
toient assemblées dans divers appartements voisins
les uns des autres. Nous entrons dans la salle où la
philosophie prend ses ébats. Vol-à-Terre le premier
nous aperçut. Il reconnoit la Vérité, et, confus de la
voir, il court se cacher au milieu de ses esclaves, en
ordonnant de la mettre hors de la salle. Tous s'em-
pressèrent d'exécuter son ordre, car tous craignoient
la Vérité. Parmi les plus zélés ministres du tyran
littéraire, je remarquai une petite ombre qui vomis-
soit de grands cris contre la déesse : cette ombre se
nommoit M. Anti-Chaleur. Tout ce que faisoit son
maître, elle le faisoit aussi ; c'étoit enfin l'ombre de
Vol-à-Terre ; elle n'existe que par lui ; à sa mort elle
disparoîtra, semblable à ces figures qui, tant que
nous vivons, nous retracent notre image quand la
lumière brille, et qui s'effacent lorsqu'elle fuit.

Tant de soldats n'effrayèrent point ma conduc-
trice. Elle regarde ces larves, et tous sont retombés
dans leurs fauteuils, tremblants comme le feuillage

que les vents agitent. Ces prodiges commençoient à
m'étonner. Quel projet a formé la Vérité pour les
punir? disois-je... Elle parle, tous les appartements
s'ouvrent. Arrive la troupe de Sans-Quartier, et celle
de Foible-Sot. La déesse s'approche de Sans-Quartier,
le démasque, choisit dans sa suite l'abbé du Sabbat,
et leur tient ce discours : « Vous m'avez quelquefois
outragée, je devrois vous punir ; mais, en faveur des
services que vous m'avez rendus, je veux bien vous
pardonner. Soyez aujourd'hui mes ministres ; voilà
mon flambeau, voici mon fouet redoutable. « Et je la
vis armer Sans-Quartier de son fouet redoutable, et
l'abbé du Sabbat de son flambeau. Elle me remit son
miroir. « Que vos compagnons prennent place ; le jour
de mes vengeances est venu. Suivez-moi : vainement
de triples masques cachent les traits de ces philosophes orgueilleux ; on ne trompe point l'œil de la
Vérité. »

A ces mots nous avançons dans le milieu de l'assemblée. Comme ils frissonnoient, ces prétendus
sages ! A les voir, vous eussiez cru qu'ils attendoient
le signal d'une bataille. Je brûlois dè les connoître.
« Beau masque, quel es-tu? dis-je à celui qui paroissoit commander la livrée philosophique. Tu trem-
bles? rassure-toi. Quel es-tu? — Qui, qui.... — Rassure-toi... — Qui je suis?... De... de quel droit oses-tu
me le demander? Je suis un gentilhomme ordinaire.
J'ai vu dans mon palais arriver à grands flots des
beautés, des héros, des têtes couronnées ; j'ai guéri
mes chers Velches de leur vieille admiration pour
Corneille ; j'ai chassé Malherbe du temple du goût ;

j'ai prouvé que Racine n'avoit fait que des tragédies
à l'eau rose ; mes bons mots ont forcé l'ami P... de
renoncer à la poésie, qu'il eût cultivée avec de grands
succès ; j'ai déclamé contre la satire, et presque tous
mes ouvrages polémiques sont des libelles. C'est moi
qui, le premier, avançai que Rousseau n'étoit qu'un
versificateur froid et barbare. Je t'ai donné du pain,
lors même que tu m'accablois de calomnies ; sans
moi tu gémirois encore dans les cachots de Bi-
cêtre : et tu me demandes qui je suis ? Ne diroit-
on pas que la Henriade est ton ouvrage ? que tes
mains.

D'un poignard plus tranchant ont armé Melpomène ?

« — Beau masque, quel es-tu ?

« — J'ai dénoncé La B... au public comme un misérable qui s'étoit enfui du Danèmarck pour éviter la
corde.

« — Beau masque, quel es-tu ? quel es-tu ?

« — J'ai délivré nos versificateurs du joug de la
rime, dont j'avois défendu la cause contre Lamotte-
Houdard ; aussi tous mes ouvrages de poésie sont en
vers blancs. Pour l'intérêt de l'humanité, j'ai ridicu-
lisé les papes tant que je l'ai pu ; j'ai confondu la rage
d'un pédant d'Annecy : j'ai fait voir que Rousseau,
dont l'Europe entière attestoit l'innocence, avoit été
justement banni.

» — Que n'a-t-il pas fait ? Ne le reconnoissez-vous
point ? Vol-à-Terre est son nom, et moi je suis la
Vérité. » Elle n'avoit point encore achevé ces mots,

le masque du favori des rois étoit tombé ; la déesse
en fureur le dépouille de ses habits jusqu'à la cein-
ture, et commande à son porte-fouet de le fustiger.
Une invisible main le tient enchaîné sur son siège ;
le ministre des vengeances de la Vérité s'apprête à
remplir son office, tandis que du regard elle contient
dans le silence et la terreur tous ceux qui pouvoient
le défendre. Cependant l'abbé du Sabbat agite son
flambeau sur le miroir que j'étale devant les yeux du
tyran littéraire. Malheureux ! ses yeux y lisent l'arrêt
de la postérité sur ses écrits. Il frémit d'avoir été
trompé par ses flatteurs. Quels gémissements étoient
les siens ! « Ah, cuistre ! ah, sodomite ! ah, pédéraste !
Quoi ! sans respect pour ma renommée, me fustiger...
moi, gentilhomme ordinaire ! moi, l'ornement de
toutes les académies de l'Europe ! vilain, manant,
voleur, fripon ! »

Ainsi se lamentoit le célèbre Vol-à-Terre. Derrière
lui s'étoit adroitement glissé le plus petit des Mirmi-
dons, qui, chargé d'un masque énorme, s'agitant,
suant à grosses gouttes, un crayon à la main, tâchoit
de se faire apercevoir par son air occupé, pendant
que Sans-Quartier frappoit sa victime. A chaque coup
que donnoit le fameux porte-fouet de la divinité :
« De la force ! de la grâce ! coup foible ! coup d'harmonie imitative ! je ne sais si ce coup est heureux ;
coup d'une précision singulière ! » s'écrioit-il, et mon
imperceptible Lilliputien d'écrire son joli commentaire. Réduit enfin à demander grâce, le despote Vol-
à-Terre avoua que toutes les noirceurs dont il avoit
accusé ses rivaux ou ses critiques étoient des men-

songes forgés et publiés dans son dépit : « Oui, Sans-Quartier est un galant homme ; oui, l'abbé du Sabbat est le plus sage de nos lévites. Tout ce qu'ils ont repris dans mes ouvrages, hélas ! n'est que trop juste ; qu'ils finissent mon châtiment, et ma langue même, renouvelant la loi de Caligula, est prête à effacer *l'Écossaise* et *les Oreilles des bandits de Corinthe.* »

La Vérité se laissa toucher à ses prières, et lui donna quelques branches de laurier pour avoir composé deux ou trois bonnes tragédies, le second chant de la Henriade, etc.

« — Et vous, beau masque, nous direz-vous qui vous êtes ?

« — Je m'en garderai bien. La somme de coups dont je vous ai vu charger mon voisin m'apprend trop combien il est dangereux de se faire connoître. Hélas ! vous avez déchiré toute la masse de ses chairs. La réaction de ce fouet vengeur m'a déjà moi-même couvert de plaies immenses. Infortuné Vol-à-Terre ! que ne s'est-il caché dans le monde intellectuel ! »

A ce discours amphigourique, je vis la Vérité sourire avec indignation. « C'est donc vous, M. Ronflonbombe ? vous n'éviterez point le choc de cette gaule redoutable. » Je la conjurai de lui pardonner en faveur des belles qualités de son âme, et la déesse lui pardonna.

« Ah ! messieurs, s'écrioit du fond de la salle un personnage assez bizarre ; ah ! vous outragez la nature par votre barbarie. La nature vous ordonne d'être humains. Non, ce n'est point la Vérité·qui vous commande d'être si sévères. Sa divine nature est incompatible avec la vengeance. Je vous donnerai tous les rubis, toutes les émeraudes, les perles et les saphirs qui brillent dans mon poëme, si vous daignez nous épargner : ménagez la foible nature de l'homme.

« — Oh ! vous vous trahissez, M. Force-Nature. Corneille, Racine, privés par vous du sceptre de la scène, demandent vengeance ; je suis la Vérité, je dois leur faire justice.

« — Arrêtez, arrêtez ; barbares, qu'allez-vous faire ? On n'est grand, on n'est vraiment vertueux qu'autant qu'on sait pardonner. Le rapport de nos cœurs avec l'humanité se mesure par le mal que nous faisons. La bienfaisance, la vertu, sont deux êtres qui se combinent avec la gloire, de telle sorte que la dernière ne marche point sans les deux autres. La nature nous a tous mis au niveau par un lien moral, et c'est être tyran que de rompre cette chaîne par la force. Mortels, écoutez, et soyez sensibles. La Vérité est voisine du néant quand elle s'abaisse à la vengeance.

« — Où sommes-nous ? Quelle langue parlent ces philosophes ? — Ne sois point étonné, me répliqua la déesse ; il est permis à M. Obscurot du Fatras de défendre ainsi la cause de M. Force-Nature. Un égal supplice les attend tous deux. » Un petit homme, à ces mots, s'approche avec un air patelin, et d'une voix de fausset : « O Vérité ! qu'il me soit permis d'implorer votre clémence. Une foule de rimailleurs

qui nous haïssent, en raison des lumières que nous
avons répandues dans l'Europe, nous a peints, à vos
yeux, des plus fausses couleurs. Ce petit nombre de
sages que vous voyez pensent. Jamais aucun d'eux
ne vous a blessée : j'en atteste l'Académie et M. Vol-
à-Terre. Pourquoi nous condamnez-vous sur la dépo-
sition de tous ces journalistes que le public méprise ?
L'humanité s'est réveillée dans les cœurs les plus
froids depuis que la philosophie s'est emparée des
esprits.

« — Ce discours est fort beau, M. Froid-Lambert.
Si vous vous étiez borné à prouver que deux et deux
font quatre ; si, tout hérissé d'algèbre, le compas à la
main, vous aviez respecté la poésie, qui m'est chère,
quoique pour me faire aimer elle me peigne des couleurs du mensonge ; si vous n'eussiez point prétendu
la dépouiller de ses ornements pour l'habiller de sentences ; si Rousseau, si Racine, n'avoient pas essuyé
vos insultes obscures, je vous épargnerois peut-être :
mais Sans-Quartier vous attend. Vous pourrez aug-
menter l'Encyclopédie de l'article *Fouet* quand vous
en connoîtrez les effets particuliers, et je vous conseille de faire part au public de vos observations sur
la pesanteur du bras de Sans-Quartier à la première
séance académique. »

La déesse saisit alors ces trois sages, et les attacha
sur leur fauteuil. Chacun d'eux reçut à son tour le
châtiment qu'il méritoit, et nous continuâmes notre
inspection. M. l'Impuissant marchoit en tapinois à
nos côtés. Il n'avoit point oublié de faire ses inju-
rieuses notices sur les étrivières que nos trois philo-

sophes avoient reçues. « Des coups de la première
beauté ; on souhaiteroit que l'auteur s'occupât davantage à fondre ses tours de bras et à retrancher de
sa manière de flageller ces négligences qui la dépa-
rent : » tel étoit son premier commentaire. « De l'é-
nergie, de la facilité, peu d'ordre dans les coups : »
tel étoit le second. « Coups dignes du sujet, » tel
étoit le troisième.

Parmi les personnages qui composoient le reste
des philosophes, un grand homme caché sous un
masque singulier piquoit extrêmement ma curiosité.
Tout son corps paroissoit enveloppé de bandeaux [1]
liés assez maladroitement les uns aux autres. Je l'a-
borde. « Beau masque, quel es-tu ? » Il garde le silence. « Beau masque, quel es-tu? » Il garde le silence. « Quel es-tu ? » Il garde le silence. « Je te fais
manger la mort dans un panier de chardons, si tu ne
parles. — Manger la mort ! Ah ! vous m'avez volé
cette expression : j'ai dit, *boire la mort.* — Seriez-vous
donc l'auteur d'Aristomène ? — C'est lui-même, reprit la déesse, lui dont la main téméraire osa dimi-
nuer le nombre des lauriers dont j'avois couronné le
front de Boileau, lui qui prétend relever la réputation de Lucain sur les débris de celle de Virgile. Il
faut que sa témérité soit punie. » Et Sans-Quartier
ravit à ses confrères le droit d'être jaloux de son
sort. Ainsi nous passâmes en revue toute la cohue
encyclopédique. A peine, entre les auteurs dont elle

---

1. M. Marmontel aime beaucoup les bandeaux. Voyez ses
œuvres. (*Note de l'auteur.*)

est formée, en trouvâmes-nous deux que la Vérité jugeât dignes de pardon. Les yeux d'Attila, chargés de sinistres nuages, sembloient, après son supplice, annoncer les orages du désespoir; mais il fut prié de concentrer dans son cœur la bouillante amertume du fiel qui le consumoit. Le traducteur lapon des Métamorphoses d'Ovide jura de se changer en gazetier, afin de rendre à la Vérité outrage pour outrage; et la Vérité lui répondit qu'il n'avoit jamais été autre chose.

Cependant Foible-Sot rioit du malheur des philosophes, s'imaginant que la déesse alloit ceindre sa tête de lauriers, satisfaite des combats qu'il avoit livrés à cette secte ennemie du goût et de la saine raison. Quelle fut sa surprise, quand il l'entendit donner à son ministre l'ordre de le châtier!... « Ah! s'écria-t-il, lisez ma Dunciade. — Je l'ai parcourue, répliqua Sans-Quartier, et la Vérité me doit vengeance de l'ennui qu'elle m'a causé. — Sans doute, sans doute, poursuit en se levant un des masques, ami de Sans-Quartier. Qu'avois-je fait à cet esprit malin qui dût m'attirer ses sarcasmes? Hélas! il m'a brisé sous le poids de ses coups! Je ne vois partout que des méchants, des ingrats.. Quand les auteurs rappelleront-ils enfin à leur mémoire qu'ils sont hommes avant que d'être écrivains! » Je reconnus à ce discours M. d'A..., et j'eus le plaisir de voir la divinité lui présenter, sous les yeux même de son détracteur, la palme qu'elle accorde aux poëtes honnêtes et sensibles, en le priant de s'égayer davantage, et de moins charger son style de métaphores outrées.

A ce spectacle s'élance, du milieu du régiment de Sans-Quartier, un poëte plus brillant, plus léger qu'une salamandre. « Madame la Vérité, vos dons enfin sont un peu plus galants. Mon physique est extrêmement délicat, et je vous confesserai que je n'envie point la couronne que vous réservez à M. Foible-Sot. L'éclair de la gloire mérite-t-il qu'on s'expose aux tourments qui le suivent ? Vive mon insouciance ! Mais vous êtes devenue charmante depuis un instant. Ma foi, je vous aimerois assez, si... — Si je vous donnois quelques fleurs. Hé bien ! soyez content, ce myrte vert vous est destiné. — J'avois bien raison de dire que vous étiez charmante... Çà, de grâce, quelle nuit voulez-vous que je vous donne ? — Trève au persiflage, M. D...; je veux dans mes amants un peu plus de sensibilité. Vous m'entendez... » La déesse distingue alors dans la foule le chantre modeste de Paris, elle l'appelle. A son nom je tressaille de joie. C'est un laurier qu'il a mérité. La Vérité m'avoit prévenu ; et je parlois encore, que le front de ce poëte ingénieux s'élevoit déjà ceint d'une guirlande immortelle.

Sans-Quartier brûloit d'exercer sa vigueur sur l'infortuné Foible-Sot. Il conjure notre reine commune de mettre fin à ses libéralités. Saisissant son adversaire, il le traîne au milieu de l'assemblée, le fustige, le fustige tant, que les philosophes, malgré les douleurs qu'ils éprouvoient encore, jetèrent un cri général d'approbation et de plaisir. A ce bruit, le labyrinthe, le palais, la Vérité, la cour d'Apollon, tout disparoît ; je suis éveillé ; et s'il m'arrive jamais de ne pouvoir dormir, ou de désirer quelques songes agréables, je connois M. Anti-Chaleur et ses talents, je le prierai de me prêter ses œuvres. Messieurs, je vous conseille d'user de la même recette.

TABLE DES MATIÈRES

POÉSIES DIVERSES.

HÉROÏDES

Achevé d'imprimer

par

LE 25 AVRIL 1882

www.ingramcontent.com/pod-product-compliance
Lightning Source LLC
Chambersburg PA
CBHW070459030726
47503CB00004B/1100